Irmgard Harder

Mit
de besten Afsichten

Husum

Umschlagfoto: Hans Hoffmann, Husum; Gesteck: Blumen-
Boutique Spangenberg, Husum.

CIP-Kurztitelaufnahme der Deutschen Bibliothek

Harder, Irmgard:
Mit de besten Afsichten / Irmgard Harder.
– 2. Aufl. – Husum : Husum Druck- und Verlags-
ges., 1983.
ISBN 3-88042-069-6

2. Auflage 1983
© 1978 by Husum Druck- und Verlagsgesellschaft mbH u. Co. KG,
Husum
Gesamtherstellung:
Husum Druck- und Verlagsgesellschaft,
Postfach 1480, D-2250 Husum
ISBN 3-88042-069-6

Botter op Reisen

Körtens hebbt Gustav un ik 'n lütje Reis maakt, weern över Nacht in en groot Hotel, un as wi morgens fröhstücken wullen, dor funnen wi op unsen Töller luder lütte Paketen: Botter, Wuss, Käs', Marmelad', allens schön för sik un bombenfast in Sülverfolie un Blick verpackt — een schall gor nich glöven, wat dat för'n Appetit maakt, wenn'n sik an'n fröhen Morgen dormit afmarrachen mutt un statts Metz un Gabel ehrer Knieptang un Schruventrecker bruken kunn ... Harr Gustav nich so veel Kräft in sien Fingern, ik harr de Rundstücken drög kauen müßt.

Man nu weet ik ok, woso de Botter un allens annere so dull verpackt weern: De Saken harrn jo al 'n lange Reis' achter sik! De Botter to'n Bispill, de keem ut Bayern! Man wi weern in Bremen! Dor is doch Ollenborg un Ostfreesland gor nich so wied af — hebbt de dor nich noog Botter för de Bremer? Also wenn ik mi dat so vörstell: De Botter is nu ganz vun Bayern nah Bremen reist ... Dat heet, viellicht is se jo noch vun wieder her, se hebbt se dor ünnen blots in de 25-Gramm-Paketen packt un de wieder op de Reis' nah 'n Norden schickt. Ik kann mi noch op besinnen, vör'n Tied al heff ik sülm in Bayern mal in en Geschäft Botter ut Dänemark sehn — na, de harr jo ok 'n arigen Weg achter sik! Wat de ut Dänemark un de ut Bayern sik woll ünnerwegens in 'ne Mööt kamen sünd? Viellicht so as de groten Laster, de ik männichmal op de Autobahnen överhaalt heff, Laster, de so swor mit Holt vullpackt weern, dat se man blots so kröcheln deen. Aver op de anner Siet vun de Autobahn kröcheln ok Holtlaster — in de anner Richt'. Wiß is dor 'n groten Ünnerscheed twüschen

Botter un Holt — blots wenn 'n dat süht, denn kann'n sik de dummerhaftige Frag' nich verkniepen: Weer dat nich allens 'n beten eenfacher to hebben? Ik heff en lütt' Tube mit Fischpaste köfft; dor mag Gustav so af un an giern mal wat vun op Brod. Man wo kümmt de her? Ut Wiesbaden! Nu bidd ik een Minschen! In Wiesbaden gifft dat doch miendaag keen Sardellen oder wo se de Paste vun maakt; aver se ward dor maakt un dorhen schickt, wo de Fisch sotoseggen vör de Dör swömmen!

Na ja, ik verstah dor nix vun — ik weet blots, dat hett wat mit „Wirtschaft" to doon, mit „Hannel un Wannel", as'n dat fröher so poetisch nömen dee. Aver lohnen mutt sik dat denn jo woll, wenn'n de Botter in luerlütte Paketen vun Bayern nah Bremen un Fischpaste ut't deepste Binnenland nah de Küsten reisen lett. In en Land as Sleswig-Holsteen, dat wied un sied as Buernland bekannt is un wo de schönsten Melkköh op de Weiden staht, gifft dat Suermelk un Slagsahn un all so'n Kraam vun de anner Siet vun de Elv. Un dor günt in Neddersassen kann'n Wuß ut Sleswig-Holsteen köpen, liekers de sik dor doch ok op't Wußmaken verstaht. In Kiel heff ik Quark ut Kassel sehn un in Husum Brod ut Hannover. Bi unsen Supermarkt kann ik mi utsöken, wat ik 'n Suppenhehn ut Holsteen oder leever en ut Holland hebben will. Blots dat een is billiger as dat annere ... Ik mutt mi ok jümmers wunnern, woso ik för Brombeermarmelad' ut Rumänien un Johannisbeermarmelad' ut Ungarn weniger betahlen mutt, as wenn se — seggt wi mal — ut Lübeck keem. Un'n Dos' mit Pilzen ut Frankriek is wedder veel dürer as en, de ut Taiwan kümmt — un wat hett de för'n Reis' achter sik!

Wenn'n sik mal so ankiekt, woveel Saken billiger sünd, de vun wied her kaamt, een kunn glöven, all dat Rümkutschieren mit de groten Lastwagens köst överhaupt nix! Man enerwegens mutt dat Reis'geld jo herkamen... Na, de groten „Wirtschaftsstrategen", de „Manager", de verstaht sik jo op't Reken wiß beter as 'n lütt Huusfro, de sik över männicheen Pries blots noch wunnern kann. De könt so good reken, dat wi nich mal markt, op wat för'n Oort wi düsse Rekenexempel betahlen möt...

De Industrie lett gröten

Vele Lüd meent jo, Reklame weer nix as Bedrug; weer allens Lögenkraam, köst blots veel Geld, un dat sleiht de Industrie op de Priesen babenop. Blots wegen de glatten Wör un den bunten Billerkraam weer allens so düer!

Na, dat mag jo sien — blots ik meen, wenn dor gor nich künnig maakt ward, wat't to köpen gifft, un wenn't ok keen Konkurrenz geef, denn kunn dat gries un schraag in Ladens un Koophüs utsehn. Blots billiger weer't nich. Nee, de Trummeln möt all slahn, de wat verköpen wüllt — un de richdig inköpen will, de mutt dor al henhören. Denn ward he bald marken, dat de Industrie de Minschen doch glücklich maken will. Jo, dat lett, as weer dat de Hauptsaak vun all ehr Streven. Se beglückwünscht mi sogor! „Herzlichen Glückwunsch, Sie haben sich für unseren Haartrockner entschieden", lees ik op'n Zettel, un denn eers stünn dor, wo ik mit dat Dings ümgahn schall. „Herzlichen Glückwunsch" — also dat geiht mi doch reinweg dörch de Seel'. Un överto mutt de Firma vun ehrn Kraam jo bannig övertügt sien ... „Mit Ihrer Wahl haben Sie Geschmack und Sinn für Qualität bewiesen", stünn op'n lütte Kort, de an en Gummimatt' bummeln de. En Matt' för'n Badewann', dat'n dor nich in utrutschen deit. Tjä, dor heff ik dat swatt op witt: Ik bün en Minsch mit Gesmack un Sinn för Qualität — also dat gifft mi 'n ganz nieges Badegeföhl ...! Un wo nett is en Firma üm uns Gesundheit besorgt: Ehr gröttste Wunsch is, dat wi jümmers ‚fit' blieft un uns al bi't Fröhstück op en glücklichen Dag freit. — Blots dorüm hett se düsse Margarine maakt, jo, dat hett wiß Möh köst! Un wat för'n Vertruun mutt 'n to den netten Mann hebben, de dor wat vun sien Waschpulverfabrik vertellt. He süht würkli as'n netten, soliden Familienvadder ut — un dat's ganz eendont, wat he seggt, so een wörr sik jo wiss nich för en slechte Saak insetten!

Mal stünn ik in en Drogerie vör'n Tresen, as'n jungen Mann rinkeem un nah Plakaten un Prospekten fraag. De Drogist tuck mit de Schüller, vundaag harr he leider nix, man anner Week schull sik dor woll wedder noog ansammelt hebben. Ik fraag den jungen Mann, wo he dat denn to bruken wull, un he vertell mi, he weer Lehrer un wull dat to'n Ünnerricht in sien Klass' hebben. „Wat", sä ik verwunnert, „Reklame maakt Se dor?" „Jo", sä he, „de Kinner hört un seht dat alle Daag; nu schüllt se ok lehren, dormit ümtogahn." Un dat, meen ik, weer jo woll good to bruken för de Kinner. Anners kann se dat mal so gahn, as ik dat in en anner Geschäft beleevt harr: En Fru wull afsluuts 'n Finsterputzmiddel hebben, dat harrn se an'n Abend vörher in't Fernsehn wiest. Wo dat denn heeten schull, wull de Verköperin weten; aver dat wüß de Fru nich mehr. De junge Fru dor op'n Bildscherm harr'n witte Blus', blaue Büxen un 'n roodkareerte Schört ümhatt — un wo de de Finster mit putzt harr, jo, jüst dat wull se ok hebben. De Verköperin wies op'n ganze Reeg anner Finsterputzmiddel, all weern se liek good — man nee, de Fru wull dat, wo de smucke junge Fru güstern in't Fernsehn ... Ik harr so dat Geföhl, as wull de Fru de smucke junge Fru mit de rootkareerte Schört blots liek warrn, un dat Finsterputzmiddel, dat wer dor blots 'n Vörwand to. Se wüss dat natürli nich, de Fru, dat weer de „psychologische" Wirkung vun düsse Reklame. Un de hebbt de Firmen all mit inkalkuleert — glashart, as'n so schön seggt. Sowat maakt Ümsatz — na ja, anners könt se jo ok nich existeren. Un dorüm möt se uns wies maken, dat wi ohn ehr Saken nich existeren könt, dat wi anners gor nich glücklich un gesund blieben könt. Un wat'n nich missen kann, dor mutt'n natürlich ok för betahlen. Denn dat wi de grote Sorg un Möh um uns Glück un Gesundheit eenfach so ahn wieder wat hennehmt — nee, dat könt wi nu würkli nich verlangt sien ...

Nah mien Meenen ...

Een kann jo nu würkli nich seggen, dat wi nümmer nah uns Meenen fraagt warrt, un dat „de dor baben" allens maakt, wat se wüllt un wi dor gor nix gegen maken könt. Dat stimmt nich ganz. Un wat uns de Geschäften för düer Geld verköpen wüllt oder wo de Fohrplan vun de Iesenbahn inricht' is, wi hebbt dor ok wat över to seggen, jawoll, un sünd dor sülm schuld an, wenn allens nich so geiht, as wi dat woll muchen. Dat gifft jo 'n ganze Reeg „Instituten", so nömt se sik, de leevt dorvun, de Lüd nah ehr Meenen över düt oder dat to befragen. Se bedrieft „Meinungsforschung" oder „Marktforschung". Un wat dorbi rutkümmt, dat is bannig wichtig för all, de in Politik oder Wirtschaft wat to seggen hebbt.

Vör'n poor Johrn hebbt mi op de Straat mal twee junge Lüd anspraken, ik much doch mal eben nah ehr Auto kamen. Dor harrn se dree bunte Dosen in liggen. En grote Kaffeefirma wull ehrn Kaffee nu in so en Doos verköpen, man se müß weten, wat för'n Doos de Lüd an'n leevsten lieden muchen. Ik keek mi de Dinger knapp an un sä: Lieden much ik dor keen vun, un överto wörr ik Kaffee leever in Tüten köpen, de weer al so düer nog! Liekers schreven de jungen Lüd mien Antwurd op — un warrafti, ik heff later nie sehn, dat Kaffee in een vun düsse Dosen anbaden weer. Sühstwoll, dor könt wi doch würkli nich seggen: Op uns hört keen! Man so'n Kaffeedoos bedüd jo nich veel. Mit den dicken Breef, den ik körtens vun so een „Forschungsinstitut" kreeg, harr't veel mehr op sik. Dor weern 'n Reeg Fragebagens in, un ik schull opschrieven, wat ik vun de Teppichgeschäften in uns Stadt holen dee, wat mi de Annoncen vun de groten Koophüs wat nütten kunnen un wat ik mit den Bus- un Stratenbahnverkehr bi uns tofreden weer. Oha jo, dor kunn ik wat to seggen — un överto kunn ik dor ok noch 'n Reis' nah Paris mit winnen; de schull ünner all, de düsse Fragebagens utfüllt harrn, verloost warrn. Jo, nah Paris wull ik jo nu to un to giern!

Na, för uns Teppichgeschäften kunn ik nich veel doon — wi hebbt uns Teppichen all annerwegens köfft; mit de Annoncen vun uns Koophüs seech dat al anners ut. De lees ik twors männichmal, un de Priesen verglieken, dat do ik ok — blots ik kann jo nich dörch de ganze Stadt fohren, wenn in en Koophuus dat Sepenpulver 'n poor Penn billiger is. Wat wörr dat för'n Fohrgeld kösten — un wat för'n Tied! Un nu kemen mi de Fragen nah den Bus- un Stratenbahnverkehr jo good topass! Wat nah mien Meenen de Bus öft noog fohren deh? Nee! schreef ik. Wat de Busfohrer fründli nog weern? Geiht so, schreef ik. Bus un Stratenbahn müssen wedder mal mehr Fohrgeld inkassieren; woveel schull dat sien: Teihn, twintig oder dortig Penn. Man nich mal dat wörr langen — stünn dor glieks bi; de Verkehrsgesellschop weer bös in de roden Tallen! Oha, dat weer en wichdige Fraag. Ik harr dat Geföhl, as harr ik mit mien Antwoort dat Schicksal vun den heelen Bus- un Stratenbahnverkehr in de Hand! Man ik müß jo ok an de Minschen denken, de dor alle Daag mit fohren möt, de sik keen Auto leisten kunnen — wo schullen de woll soveel Fohrgeld betahlen? Müss dat denn sien — wörr dor nich viellicht annerwegen överleidig veel Geld verkleckert? Kunn'n dor nich wat insporen, wat de Verkehrsgesellschop ut de roden Tallen wedder ruthölpen kunn? De Fohrpriesen jümmers höger

schruven, dat weer natürli dat eenfachste Mittel...
Na, ik kunn jo licht snacken. An mi verdeent de Gesellschop nich veel — ik fohr jo meist mit't Auto! Kunn ik de Lüd man blots mal 'n beten in de Böker kieken — man wo de dor mehr vun verstaht as ik, wörr dat wiss ok nich veel nütten. Man mien Meenen schull ik seggen. Heff ik denn ok daan. Un viellicht is dat jüst mien Stimm, de de ganze Saak 'n annern Dreih gifft... Wat dor jedereen mit tofreden sien ward, dat glöv ik jo nich — man passeeren mutt dor wat, dat is jo klaar. Wo ik nu för stimmt heff — dat verraad ik nich. Op den Fragebagen stünn nämli, dat all de Antwurten „vertraulich" weern. Dat heet, mien Namen müß dat „Forschungsinstitut" jo liekers weeten — vunwegen de Reis' nah Paris. Och, wenn dat doch glücken dee... man mit'n Stadtbus fohrt wi dor nich hen. Dat is veel to düer...

Licht to plegen ...

Jümmers wenn ik mien Kökenherd sauber maken mutt, denn fraag ik mi: Worüm sünd woll an de Knöp, wo'n dat Gas mit andreiht, so 'ne lütten Ritzen? Wenn ik de richdig sauber kriegen will, denn müß ik dor eegentli 'n Tähnböst för bruken. Nu is dat jo 'n ganz niemodschen Herd, glatt un schön un licht to plegen — blots de Ritzen an de Knöp, de blanken Liesten an de Backabendör, och, dor sett sik jümmers soveel Smeer in fast, mit'n Faatdook lett sik dat eben nich so licht afwischen ...

To Urgrotmoders Tieden weer jo allens noch veel ümständlicher. Wenn de Huusfro ehrn Kraam good in Stand hebben wull, denn keem se ut't Schüern, Wischen un Putzen gor nich rut. Nich blots in de Kök — nee, allens in't Huus weer bannig unpraktisch — ik meen, wenn'n dat mit uns Ogen ankiekt. All de överleidigen Liesten an Dören un Möbeln, dat Snitzwark, de Plüsch, de Troddeln un de Fransen — woveel Stoff kunn sik dor överall in fastsetten! Hüttodaags harr keen Huusfro mehr de Tied mit so en Huusstand klaar to kamen. Bi uns mutt allens „pflegeleicht" sien, vun'n Footbodden bet to de Gardinen, vun de Wahnstuvenmöbeln bet to de Kökeninrichtung.

Tjä, un dorüm much ik so giern mal weeten, wat schüllt düsse unpraktischen Ritzen in de Knöp vun mien niemodschen Gasherd? Ok de Kökenmöbeln, jo, de sünd glatt un laten sik good afwischen. Blots de Dören hebbt all so'n Griff ut blänkern Metall, un dor is överto noch 'n luerlütte Liest ut Kunststoff fastmaakt. Un de is nu wedder nich so licht sauber to kriegen. Jüst so good kunn so'n Griff jo ok glatt un eenfach sien — keen hett sik düsse Dinger blots utklamüstert? Vun'n Huusstand hett de doch wiß keen Ahnung hatt! Na ja, wo dat Kökenschapp so eenfach aftowischen is, denn mutt dor jo woll 'n beten wat an sien, wo de Huusfro 'n beten mehr Arbeid mit hett. Anners weet de jo gor nich, wo se mit de Tied afblieben schall...

Nu ward jo nümms afstrieden, de „technische Fortschritt" hett uns dat Leben jo würkli eenfacher maakt. Staubsauger, Waschmaschinen, Geschirrspöler un 'n ganze Reeg Kökenmaschinen könt uns 'n Barg Arbeid afnehmen. Blots de schüllt jo man ok plegt warrn. Un wenn'n dat gründli maakt, denn hett'n dor ok 'n ganze Tied mit to doon...

Keen Heizung in't Huus hett, de ward sik wiss den olen Iesen- oder Kachelaven nich trüchwünschen. Mit de Köhlen un mit de Asch — wat geef dat blots för'n Dreck in't Huus! Blots de Rippen vun de Heizkörper blieft jo ok nich vun alleen sauber, un wenn'n de eersmal een bi een gründli afwischt hett un dor vun achtern nich mal recht ankamen kann, na, de weet, wat dat för'n Stück Arbeid is. Ik meen denn, wat'n sik dor nich mal wat Beters för utdenken kunn — man sowied is dat mit den Fortschritt jo woll noch nich. Ok de niemodschen Jalousien för uns Finster — jo, smuck seht de ut, un een kann dor jo fein mit instellen, woveel Licht in de Stuv kamen schall. Blots wat is dat för'n Ümstand, wenn'n de sauber maken mutt! Dor wünsch ik mi männichmal dat gode ole Rullo trüch. Dat kunn ik doch vun't Finster nehmen un afseepen, wenn't nödig weer.

Tjä, een schall nu jo nich denken, ik weer rein dull op't Reinmaken. Ganz in'n Gegendeel! Un dorüm kann ik ok nümmer begriepen, woso all de Kraam, de as „pflegeleicht" anpriest ward, mit soveel överleidige Knöp, Liesten, Schruven, Ritzen un Rillen utstaffeert is. Un dor lacht wi över de unpraktischen Saken ut Urgrootmoders Tieden — man wenn wi ok technisch 'n good Stück vöran kamen sünd, överleidigen Tüdelkraam hebbt wi jümmers noch noog. Na, meist sünd dat jo woll Mannslüüd, de sik allens sowat utdenkt — un wi Fruenslüd könt sehn, wo wi dormit klaar kaamt...

De elektronische Charakter

Al bi de olen Griechen stünn över de Dör vun den Apollo-Tempel in Delphi dat schöne Wurd: „Erkenne dich selbst!" Op griechisch, natürli. Un denn kunn een, de afsluuts weeten wull, wat de Götter in Tokunft mit em vörharrn, dor dat „Orakel" üm fragen. He kreeg denn 'n bannig vigeliensche Antwurd, de klüng nämli jümmers so, dat'n de op ganz verschieden Oort utdüden kunn. Na ja, dorüm harr dat Orakel jo op'tletzt jümmers recht. Man över dat Wurd: „Erkenne dich selbst" hebbt Philosophen un Dichter al siet ole Tieden nahdacht; un ok de mit Philosophie un all so'n Kraam nix to doon hebben mag, de ward jo woll insehn, dat's gor nich verkehrt, wenn de Minsch vun sik sülm weet, wat he kann un wat he nich kann. Denn geiht em nämli ok so licht nix scheef. Tjä, viellicht stünn dat dorüm jo ok över de Tempeldör in Delphi — mit de viegelinsche Antwurd vun dat Orakel kunn eben blots de wat anfangen, de över sik sülm good nog Bescheed wüss.

Man dat kann'n hüttodaags jo allens eenfacher hebben. In männicheen Zeitschrift gifft dat op een Sied 'n Reeg Biller oder ok Fragen. Un to elkeen Bild oder Fraag sünd veer oder fief verschieden Meenen oder Antwurden angeben. Dor schall'n de vun ankrüzen, de een an'n besten gefallt. För elkeen Krüz gifft dat Punkten — un wenn'n de tosamentellt hett, denn kann'n op de nächste Sied lesen, wat'n för'n Charakter hett. Op düsse Oort heff ik to weeten kregen, dat ik nich besünners ehrgiezig bün, aver dat ik mi dat bannig gründli överleggen do, ehrer ik to een wichtige Saak „ja" oder „nee" seggen kann. Tjä, dat stimmt woll — man nu weet ik endli, dat ik ok noch ganz wat anners bün: Ik bün progressiv, jawoll!! Un wo dat 'n Computer rutkregen hett, mutt dat jo woll stimmen. Un dorbi wull ik mi in en groot Geschäft jo eegentli blots 'n Summerkleed köpen; man ik much den ganzen Kraam dor nich lieden un wull jüst wedder rutlopen — dor seech ik in en Eck so'n Oort Schapp mit Knöp, Tallen un blänkern Lichten stahn — op jeden Fall seech dat Dings bannig elektronisch ut... Keen dor nu op'n Blatt Papier 'n poor Biller un Fragen ankrüzt harr, den kunn de Computer wat över sien „Mentalität" seggen. Na, un dat is jo heel wichtig, wenn'n sik sülm richdig kennen lehren will. Ik kreeg mi en Blatt mit all de Fragen un Biller her... oha, lieden much ik de all nich, de söß Wahnstuveninrichtungen oder de söß verschieden deckten Dischen, un ok vun de söß Ölbiller harr ik ok nich een hebben much. Överto wull de Computer weeten, wat för'n Oort Minschen ik an'n leevsten harr, wo ik giern mien Brod mit verdeenen much un wat nah mien Meenen 'n Mann för'n Charakter hebben müß. Na, dor harr ik wedder allens ankrüzen kunnt — man bi elkeen Bild oder Fraag dröff ik jo man blots twee Krüzen maken — un dat deh ik denn ok, so good, as dat bi de knappe Utwahl eben güng. Denn geef en Frollein den Computer mien Zettel to freten, de füng an nahtodenken, un dat full em bi mien Krüzen jo woll besünners suer; he brumm un stöhn, de lütten Lichten blänkerten ganz opgeregt — un endli speeg he 'n Kort ut, un dat Frollein mök grote Ogen. Dor harr ik dat swatt op witt: Ik bün progressiv! Nich, dat ik nu mit Farvbüdel un fule Eier smieten do, man ik harr mien eegen Kopp, stünn dor, un wull demonstrativ de Ümwelt verännern. Junge jo, de Apparat gefull mi... man denn stünn dor ok noch, wat för Kledaschen to mien „Typ" passen deen, Kledaschen, de mien „progressive Mentalität" utdrücken kunnen — un de geef dat natürli in düt Geschäft to köpen. Man ik sä jo al, ik much den ganzen Kraam dor nich lieden, de weer mi nämli to langwielig — un dorüm güng ik „demonstrativ" rut. Keen „progressiv" is, de bruukt sik jo woll nich vörschrieven laten, wat he sik över't Lief trecken schall, nich? Mit den „Konsumzwang" is dat nu aver ut — düsse „kapitalistischen Manieren" möt utrott' warrn ... den Computer sie Dank, dat he mi mit mi sülm bekannt maakt hett. Nee, dat weer för de olen Griechen nich so licht. „Erkenne dich selbst" — tjä, dat Orakel vun Delphi weer jo nich elektronisch stüert!

Ik weet Bescheed ...

Ik weet jo nu ganz genau Bescheed! Faken noog heff ik leest, op wat för'n raffinierte Oort in Koophüs un grote Geschäften, wo'n sik de Saken sülm ut de Regalen halen kann, de ganze Kraam opbugt is! Ohn dat he dat markt, schall de Kunn dorto bröcht warrn, mehr to köpen, as he eegentlich wull. Un dat heet denn „Verkaufstaktik" oder sogor „Verkaufsstrategie". Tjä, dat klüngt bannig „kriegerisch" — as weer de Kunn 'n Fiend, den dat an't Ledder gahn schall, dat heet an sien Breeftasch ...

Mi kann sowat jo nich passeeren, ik weet jo Bescheed — nee, ik fall dor nich op rin! Wat ik inköpen will, dat schrief ik mi op'n Zettel. Meist gah ik denn in en groot Koophuus, dor kann ik allens mit'nmal kriegen un mutt nich eers lang rümlopen. Un meist do ik dat an en Freedag oder an'n fröhen Sünnabendmorgen — dat ik man för Sünndag allens frisch in't Huus heff. Ik krieg mi so'n Wagen un schuuv dormit los. Fleesch mutt ik toeers hebben. Man dat gifft dat ganz an't anner Enn vun den groten Laden. Oh, ik weet, worüm! Op den langen Weg dorhen sünd för de Huusfro nämli allerhand Fallen un Footangeln opstellt. Süh, dor is al een: Op'n Extra-Disch lütte Pütt mit Fleeschsalat. Sonderangebot — dat half Pund för 1,12. Nix för mi — ik will jo blots 'n Braden köpen un viellicht noch 'n beten Opsnitt. Man hier de Marmelad' — „Erdbeerkonfitüre", 1,23 dat Glas. Süht good ut, un Gustav mag de jo so giern ... Ik heff twors noch 'n Putt vull stahn, man de ward jo nich slecht, un de Marmelad' hier süht würkli good ut! Worüm se de woll so billig afstöten wüllt? Annerletzt heff ik dor noch 1,73 för betahlt.

Aver nee, ik will jo 'n Braden hebben! Och süh mal an, dor hebbt se Wittbrod — 98 Penn! Wenn ik dor nich togriepen dee, denn weer ik jo dumm! Och un dor, de gode Kognak — annerwegens mutt'n dor tominnst een Mark mehr för betahlen! Dor schall noch een seggen, dat jümmers allens dürer ward ...

Op'n Weg to mien Sünndagsbraden kaam ik ok an de Regalen mit all de Konservendosen vörbi — nee, ik heff noog in't Huus, un överto sünd de mi hier veel to düer. Oder nee, ganz vörn hebbt se grote Hümpel mit Dosen vull gröne Bohnen un fiene Arfen opbuugt — „Sonderangebot" — man richdig billig sünd se eers, wenn'n dor fief Stück op'n Mal vun mitnehmen deit. Na, keen op de Priesen kiekt, de dörf sik sowat jo nich ut de Nees gahn laten ... As ik endli bi'n Slachtertresen anlangt bün, is mien Wagen al half vull ... Botter bruuk ik jo nu ok noch. Heff ik op mien Zettel stahn. Man ehrer ik de finnen kann, seh ik eersmal all de Beker mit „Fruchtjoghurt" — jümmers fief Stück tosomenpackt un gor nich so düer. Ik weet doch, wat'n sünst för so'n enkelten Beker utgeben mutt — hier bruuk ik blots tolangen un mutt mi dor nich mal nah bücken! Nee, bücken mutt ik mi blots nah de Botter, de liggt dor ünnen, 'n beten sietaf. Harrn se de Botter baben henpackt un den „Fruchtjoghurt" ünnen — ik harr mi dor wiss nich nah bückt!

Tjä, as ik endli an de Kass stah, sünd noch 'n ganze Reeg Lüd vör mi un packt ehr vullen Wagens ut. Du leeve Tied, wat hebbt de sik blots allens tosamen köfft! Wat se dat würkli allens bruken möt? Dat duert 'n ganzen Stoot, bet se allens in ehr eegen Taschen packt un betahlt hebbt. Eben vör de Kass' steiht noch so'n Korf mit Koken — süht lecker ut; un op de

Verpackung is'n lütt Schild opbackt: Sonderpreis! In füerrode Bookstaben! 1,97 — anners köst so'n Stück Koken 2,30, jo, dat is ok düdli noog to sehn. Na, wo Sünndag vör de Dör steiht, kann ik dor eegentli wat vun mitnehmen. För gewöhnlich eet wi jo keen Koken, man de hier höllt sik jo woll 'n Tiedlang frisch... Na, ik heff nahsten an mien Kraam ganz schön to slepen. Un wull doch eegentli nich mehr as'n Sünndagsbraden hebben. Tjä, de „Verkaufsstrategen" sünd mi mal wedder över west — un wenn ik noch so good Bescheed weet, dat nützt mi gor nix...

Technisches Verständnis: Mangelhaft

Fröher gell dat jo as nüdlich, wenn'n Fru nix vun Technik verstünn. För Mannslüd weer dat so'n schöne Gelegenheit, ehrn egen Verstand to wiesen, dor kunnen Fruenslüd eben nich an recken... Hüttodaags kümmt'n ok as Fru ohn technischen Verstand knapp noch ut; op düt Rebeet dummerhaftig to sien, gellt nich mehr as nüdlich, dat's al lachhaftig — un ganz ohn Gefohr is dat överto ok nich. Nu kann ik jo mit allerhand technischen Kraam ganz good ümgahn — so lang ik blots Knöp drücken, Hebel schuben oder Röd dreihn mutt. Blots wenn mi een verkloren will, wo dat funkschoneert, denn verstah ik gor nix mehr. Wat weer dat dormols blots för'n Theater, as ik Autoföhren lehren schull. Ik kunn eenfach nich rutkriegen, wo ik de Handbrems' bedeenen müß. De Fohrlehrer kunn vertellen, wat he wull — bi mi funkschoneer de Handbrems' nich! Eers as ik mal alleen in't Auto seet — de Lehrer weer blots mal kott utsteegen, harr aver de Handbrems' sülm fast antrocken; ik weer dor jo to dösig to. — As ik dor nu so ganz alleen seet, probeer ik mal op egen Fust, wo dat mit de Handbrems' woll güng. Süh an, un ik kreeg ehr warrafti los! De Fohrlehrer hett'n bösen Schreck kregen, as he sien Fohrtüg miteens wegrullen seech — de Straat güng nämlich 'n beten bargdal... na, ik harr mien Lex jo lehrt un wüß, wo de Footbrems weer, un mit de Handbrems' kunn ik nu ok ümgahn. Tjä, ik lehr eben blots allens dörch de Praxis...

As wi vör Johrn uns Gasheizung kregen, dor heff ik mi vun den Techniker gor nich eers veel verkloren laten. Beholen kunn ik dat jo doch nich. Aver ik harr jo 'n „Gebrauchsanleitung" mit all de technischen

Daten un wo'n mit den Heizungsapparat ümgahn müß. Du leeve Tied, dat Dings seech vun buten so harmlos ut in sien glatten Mantel ut witte Emaille ... Wat stünn nu in de „Gebrauchsanleitung"? Toeers stünn dor, dat wi nu „Besitzer einer Zentralheizungsanlage mit Warmwasserbereitung" weern. Süh an! Harr dat dor nich swatt op witt stahn, ik harr glövt, se harrn uns dor 'n Speelautomaten anmonteert ... Un denn lees ik de goden Wünsch, dat wi uns mit düsse Apparatur recht woll föhlen schullen, wieldat se jo so praktisch weer un prieswert babento ... Wo nett vun de Firma, as wenn wi dat nich al wüssen! Blots mit schöne Wör kunn dat Dings jo nich in 'e Gang kamen. Gottloff keem nu de „allgemeinverständliche Beschreibung". Tjä, de Firma hett för gewöhnlich woll klökere Kunnen — mit mien Dummerhaftigkeit harr se woll nich rekent. Ik weet bet hüt noch nich — wo dat doch allens meist fief Johrn her is — wat en „Gaskappeneckhahn" oder wat „Vorlaufthermostat" un „Brauchwasser" bedüden schüllt. Mit'n beten Möh kann ik mi dat twors denken — man wat'n sik blots denken kann, dat weet'n jo nich för wiß! Un bi de Technik mutt'n doch en Saak för wiß weten, wenn't funkschoneren schall. Bi mi nich ... De Heizung geiht prima, un Warmwater hebbt wi ok. Ik heff mi eben allens 'n beten utprobeert, heff Knöp drückt, Hebel op- un dalschaben, lütte Röd dreiht. So lang, bet allens richdig weer. Un denn heff ik eers verstahn, wat se in de „allgemeinverständliche Beschreibung" egentli meent harrn. Dat heet, nich ganz — „Gaskappeneckhahn" un „Brauchwasser" — wat för snaaksche Wör ... Na, un op düsse Oort kann ik mit de Waschmaschin ümgahn, kann'n Fernsehapparat un'n Tonbandgerät bedenen, och so, Autofohren kann ik ok un mit'n aarig wat kumplizierten Fotokassen feine Biller maken. Ik bill mi in, ik kann sogor heel good mit all düsse Saken ümgahn — blots ik kunn dat nümms bibringen. Vun Technik verstah ik reinweg nix — un wenn mi dat een verkloren wull, de Möh wer vergeefs. Dor heff ik eenfach nich den Kopp för. Un wenn sik nu een wunnert, woso de ganze Kraam bi mi funkschoneren deiht — denn kann ik blots seggen: Ik ok!

„Sprachbarrieren..."

Dor vertell mi doch en jungen Mann, he weer jüst vun en wunnerboren Urlaub trüchkamen, un nu weer he för sien Arbeid noch gor nich motiviert. „Aha", sä ik un keek em fründli an, „dat freit mi aver!" Oha, he keek so spietsch trüch — ik mark, ik harr ganz wat Verkehrtes seggt! Sühstwoll, een kann bi all de niegen Wör hüttodags nich aarig noog oppassen; dat kann'n sik gor nich leisten, wenn'n mit sien Snutenwark „up to date" sien schall. Wat „up to date" nu wedder heet? Na, dat verkloor ik 'n anner Mal. Ik nehm dat nümms för övel, de dat för'n Mittel gegen Buukweh höllt... Man dat „motiviert" güng mi gor nich ut'n Kopp. Wenn de junge Mann to de Arbeid nich motiviert weer, dat müß doch bedüden, he harr dor keen Motiv för. Motiv? Dat kennt wi doch all ut'n Krimi. Dat is de Grund, worüm de een den annern ümbröcht hett. Blots wat hett dat mit Arbeid to dohn? Keen Grund för de Arbeid? Dat's doch Tühnkraam. De junge Mann harr man eenfach seggen schullt, he harr to'n Arbeiden eenfach noch keen Lust. Jo, un dat weer to verstahn west. Blots dat klingt to „gewöhnlich" — dat klingt nich „wissenschaftlich" noog — denn düsse Oort to snacken is jo „in" hüttodaags. Dat mutt allens so'n gelehrsamen „touch" hebben, un de hangt denn meist as'n lütten Mantel över Saken, de'n kloor un düdli op dütsch seggen kunn. Blots dor staht jo veel Lüd woll al vör en „Sprachbarriere". Ik heff jo lang dacht, ok düt Wurd weer so'n utdachten Kraam — man dat is gor nich wohr. De gifft dat würkli; un faken noog ward de ok noch künstli opbuugt, dücht mi. „Sprachbarriere" — dat's 'n Oort Slagboom, de trennt de Minschen vuneen. Op de een Sied staht de, de düsse komplizierten Wör verstaht — op de anner de, de dat nich könt. Un de hört denn to de „ünneren sozialen Schichten". Un de könt sik nich „artikulieren", wiel dat se gor nich weet, wat dat is. Viellicht könt se snacken, as jem de Snabel wussen is — un dat könt de annern nu wedder nich verstahn. De sik dat mit de „Sprachbarrieren" utdacht hebbt.

Ik mutt an en junge Lehrerin denken, de weer ganz vertwiefelt, wieldat se Kinner in de erste Klass harr, de kunnen dat Wurd „Kantüffelsalat" nich utspreken un kennen dat Wurd „Zigarettenschachtel" nich. Ik meen, dat weer jo noch keen Mallör. Viellicht smökt in de Familie nümms, un Kantüffelsalat keem dor nu mal nich op'n Disch. Man se wull dor partout op rut, dat weer en Teken för „Sprachbarrieren". Dat's nu al lange Johrn her. Hüttodaags möt de Kinner mit ganz anner Wör ümgahn lehren, de möt jem leifig vun de Tung gahn, eendont, wat se weet, wat dat to bedüden hett oder nich. Körtens eers hör ik en Deern vun teihn Johrn vertellen, se harrn in de School över de „vorprogrammierte geschlechtsspezifische Rollenerwartung" snackt. Se sä dat so ohn wieder wat, as güng se mit so 'ne Wör alle Daag üm. Wat dat nu ganz genau heeten schull, nee, dat kunn se nich verkloren, aver se harrn dor över diskureeren müßt, sä se. Ik harr so dat Geföhl, bi mi güng ok so sachen en „Sprachbarriere" dal, dat heet, en Slagboom — över den ik twors eben noch röverkieken kunn, wieldat ik eben doch noch dütsch verstah. Aver keen weet, wo lang noch? Viellicht hör ik denn ok eenen schönen Daags to de „Ünnerpriviligierten" un heff so veel „Informationsdefizit", dat ik op keen „Qualifikationsniveau" mehr kamen kann.

Na, un denn kriegt se mi bi de Büx — och wat, dat heet, denn könt mi all „manipulieren" — na, wat dat is... noch kann ik dat jo op dütsch seggen: Denn könt se all mit mi maken, wat se wüllt, un ik mutt mi dat gefallen laten! Wieldat ik mi denn jo nich mehr „artikulieren" kann — dat heet, ik kann nich mehr seggen, wat mi paßt un wat mi nich paßt. Ik kann mi nich mehr wehren — un denn huuk ik achter de „Sprachbarriere" un kann dor nich mehr överweg kieken. Un so'n arm Stackel vun Minsch gellt denn jo as „dummerhaftig". Ik will nu wiß nich seggen, dat all düsse Wör nix to bedüden hebbt — de hebbt 'n ganzen Barg to bedüden — wo se henhört. Blots dat, wo se hüttodags un vun jedeneen för bruukt warrt, dat kann'n jüst so good op dütsch seggen — wenn düsse gelehrten Slagwör dor nich al 'n würkliche „Sprachbarriere" för opbuugt hebbt...

Spelen maakt Spaaß!

Spelen is schön! Dat maakt nich blots Spaaß, dat lett den Minschen ok vergeten, wo schraag dat männichmal an so'n dagdäglichen Dag för em utsüht. Dat is dat lütte Glück, wenn't mit dat grote nu mal nich so slumpen will ...

"Mensch ärgere dich nicht" weer woll dat eerst richdige Speel, wat ik lehrt heff. Un wenn ik nahsten ok Halma, Mühle un Dame speelt un mi sogor in "Schach" versöcht heff, op'tletzt kümmt dat jümmers op't Eene rut: "Mensch ärgere dich nicht!" Blots Skatspelen heff ik nümmer lehrt. Mit Korten kann un kann ik nu mal nich ümgahn. Dor bruukt'n jo nich blots Glück, dor bruukt'n ok noch Verstand to. Un dat is — tominnst wat mi angeiht — eenfach toveel verlangt! Dorbi maakt de Verstand dat Spelen för utwussen Lüd jo eers richdig schön! Ik meen, wenn se tominnst in't Speel wiesen könt, wo klook se sünd un woveel Geschick se hebbt. Vör meist dörtig Johrn, ik weet dat noch, as weer't güstern west, dor harrn goode Frünn vun mi so eben vör Wiehnachen 'n Speel schenkt kregen. Dor müssen wi eersmal lang studeeren, anners weern wi dor nich mit trech kamen. Dor kunn'n sik Grundstücken köpen, Hüüs un sogor ganze Straten. Dor geef dat 'n Bank, wo'n Geld lehnen kunn, man een kunn ok Hüüs un Grundstücken wedder verköpen, wenn de Pries günstig weer oder wenn'n nödig to Geld kamen müss. So richdig ut't Leben grepen, schull'n denken ... Wi hebbt dat speelt, meist elkeen Abend; wi kunnen nie recht ophören, dat wörr jümmers laat. Keen nu meent, wi harrn uns Tied ok mit beter Saken tobringen kunnt, den mutt ik togeben: Jo, harrn wi. Blots de Tied dormols, de weer heel anners as hüt. Dat weer jo eben nah den groten Krieg; wi weern all bannig jung; wi harrn all nix un ok keen Utsichten, jiechenswat to kriegen. Tominnst in't Speel kunnen wi so doon, as harrn wi en Vermögen, as kunnen wi mit uns Kapital hanneln un ümgahn, as kunnen wi dat vergröttern un sekerer maken — för uns Kinner un Enkel. De wi dormols jo noch gor nich harrn ... Wi harrn dormols blots Hunger. Hunger nah allens: Nah Brod, nah Kultur un nah Geld. Un dorüm hebbt wi speelt, hebbt speelt, bet uns meist de Ogen tofullen, hebbt speelt, as harrn wi Geld un Good noog un kregen dorbi dat Geföhl, nu kunnen wi uns endli mal satt eten, denn nu harrn wi dat dor jo endli to, mit soveel Hüüs, Grundstücken un Kapital babento ... un't weer doch man blots Speelgeld.

Nee, hüt harr ik dor wiss keen Spaaß mehr an. De Speelfrünn vun dormols, tjä, welk hebbt dat würkli to Hüüs un Grundstücken bröcht. Glücklicher sünd se dor nich vun worrn. Ik heff dat nich kregen un mutt dat liekers nich beduern. Wat ik för mien Leben so bruken mutt, dor heff ik noog vun. Dat Speel vun dormols geiht uns nix mehr an ...

Hüttodaags speelt 'n jo ganz anners: Dat mutt mehr 'n Oort „Training" för Seel' un Verstand sien, sünst maakt dat keen Spaaß. Jo, so steiht dat in en groten Katalog, den ik körtens in en Speeltüchgeschäft kregen heff. Tominnst schall de Minsch Logik un Kombinationsvermögen öven, och wat, trainieren, eendont, wat he söß oder sößtig Johrn oold is. Ik geef jo to, dat sowat för all Minschen bannig nützlich sien kann — aver dor geiht't ok heel nüchtern bi to. All düsse niemodschen Speelen sünd bannig nüchtern, keen Spierken Phantasie, se seht technisch ut, bannig logisch, en kann dor ok „abstrakt" to seggen. Dat kann'n jo jümmers seggen, wenn'n sik dor nich recht wat ünner vörstellen kann. „Abstrakt" sünd jo nu ok, wenn ik mi dat so överlegg, „Halma" un „Mensch ärgere dich nicht". Man dor mutt'n doch blots Glück hebben, wenn'n winnen will. För de Speelen in uns Tied mutt'n en hellsch kloken Verstand hebben — anners maakt se keen Spaaß. Dat heet, richdig Spaaß schüllt se woll ok gor nich maken. Denn wenn'n to'n Bispill en „Denk- und Taktikspeel" richdig angeiht, denn winnt'n dat nich eenfach, nee, denn hett'n dor „Erfolg" mit. Un dor kümmt't jo op an! För den, de wat op sik höllt... Blots winnen, wieldat'n Glück harr, dat maakt twors Spaaß. Man dat kann jede Döskopp...

Vör Dau un Dag

Dor harrn wi körtens Besök hatt vun en Fründ, den wi lange Tied nich sehn harrn. He weer vele Johrn in frömde Länner west un wüß dor bannig interessant vun to vertellen. Wi kunnen un kunnen keen Enn finnen — un as he endli meen, dat wörr nu woll Tied, nah Huus to fohren, dor meenten wi, dat weer doch noch fröh — un dat weer't denn ok! Klock dree an'n Morgen! Wi güngen mit rünner op de Straat un bröchen em bet to sien Auto — dat stünn 'n beten wieder lanks op'n Parkplatz.

Dat weer al meist hell — un still weer't. As uns Fründ vörsichdig den Motor lopen leet, klüng dat so utverschaamt luud, dat't meist weh dee. Un as he denn sachen wegföhr, kunnen wi em noch lang hören — bet't endli wedder still weer — ganz still ...

Wi weern op'tletzt denn doch 'n beten möd worrn, man nu, wo wi dor op de Straat stünnen, keem uns de fröhe Morgenstünn so kostbor vör, de muchen wi nich verslapen. Wat weer't för'n wunnerbore Luft. Un in dat bleeke Licht seech allens so frömd ut ...

Nu schull'n jo meenen, een kennt sik in de Umgegend vun de eegen Wahnung jo woll ut. Man morgens twüschen Klock dree un Klock veer hett dat allens 'n anner Gesicht. De Welt rundüm lett ganz un gor nie, as geef dat keen Larm, keen Stried, keen Dreck. Un allens wat güstern weer oder nahsten över Dag op uns tokamen schall, dat bedüdt nich veel, morgens, twüschen Klock dree un Klock veer.

Gustav un ik güngen langsam de Straat dal, bögen üm de Eck, kemen uns meist lachhaftig vör — wat wörrn de Lüd vun uns denken, wenn se uns to düsse Stünn rümlopen sehn? Man de Lüd harrn nix to denken — se sleepen nämli; un dat leet, as sleepen ok de Hüs mit ruhigen un deepen Aaten. As sleepen de Autos an'n Stratenrand, de Blomen in de Goorns un de Bläder an de Bööm. Knapp dat dor 'n Wind dörch de Twiegen ficheln deh — dor rög sik nix, un wi güngen mit liesen Träd, dat dor man jo nix un nümms vun uns opwaken schull.

Miteens slög dor günt de Klock vun'n Karktorn an! Wat dröhn dat blots! Vör Schreck tucken wi tosomen. Dat klüng, as müss dor nu allens vun opwaken — sünst hört wi de Klock doch gor nich, un opwaken doot wi dor eers recht nich vun, nich mal denn, wenn uns Slaapkamerfinster wied open steiht. Man bell dor nu nich en Hund? Dat müß wied weg sien — dor ganz achtern, in dat lütt Dörp bi den groten Woold. Över Dag weer dat wiß nich to hören. Un dor weern al de eersten Vagelstimmen — tögerig meist, as half in Droom. En Auto brumm dor achtern lanks de grote Autostraat — süh, dor weer also doch al een ünnerwegens... 'n Oogenblick later rummel dor en Lastwagen; un dat dumpe Kloppen — keem dat vun de Warft röber? De weer doch so wied weg... Miteens hörten wi en Wecker rötern — so, dor schull för een de Dag anfangen. Ennerwegens klapp en Finster, un noch'n poor Minuten later rassel en Rullo tohöcht.

Dat leet, as füng allens, wat rundüm leef, an sik to recken un to strecken — op de grote Koppel weern 'n poor Kaninken al bi't Fröhstücken. Se hukten dor in't Gras, un een kunn dat vun wieden sehn, wo se sik dat smecken leeten.

Nu weer de Sünn al 'n aarig Stück höger kamen, dat weer richdig Dag. Man noch leet de Larm sik Tied — bet op de Huusdör, de dor een mit'n Krach achter sik tosmieten dee. Süh, dor leep he, keem uns jüst in de Möt, keek uns vull Mißtroen an — un weer al an uns vörbi. Nee, de harr wiß keen Oog för düsse schöne Morgenstünn — de weer wiß ok nich friewillig buten, so as wi.

Gustav füng an to hujahnen: „Laat uns man noch'n Mütz vull Slaap kriegen", sä he miteens, „man maak jo dat Finster to, nu ward dat hier luud!" Dat weer natürli överdreben — wi wahnt jo in en ruhige Gegend. Man to düsse Stünn kriggt elkeen Luud 'n duppelt Gewicht. Ganz besünners, wenn een betto överhaupt noch nich slapen hett ...

Abendspazeergang

Wenn't jiechens geiht, denn mögt Gustav un ik eben vör Beddgahnstied noch mal'n beten an de Luft; över Dag hebbt wi dor meist keen Tied to, un uns Arbeid möt wi in't Sitten doon — na, un denn lengt wi uns dor örnli nah, mal richtig to lopen! Dat heet, wied kaamt wi nich — so as fröher, as wi noch in de Stadt wahnten un ok noch merrn in de Nacht dörch de hellen Straten lopen un Schaufinster bekieken kunnen. Man nu wahnt wi 'n beten siedaf, in een Dörp. Vun de Stadt kann'n twors noch de Lichten sehn, man to Foot kann'n dor nich henlopen, al gor nich bi Nacht. Nu könt wi blots noch dörch'n poor stille Straten gahn, dor is laat an'n Abend keen Minsch mehr to sehn; knapp, dat dor mal'n Auto lanks kümmt. Un Schaufinster gifft dat man blots dree: De Slachter, de Koopmann un de Drogist. Och jo, un'n Friseur un'n Wäscherie is noch dor — man dor gifft't jo nix an to kieken. Een müss nu denken, dat weer bannig langwielig, jümmers desülwigen Straten lanks to lopen, wo doch afsluts nix los is, wo'n nix hören kann as en lies Bruusen ut de Feerns. Dat kümmt vun de grote Autostraat — man de is wied weg. Männichmal hört een ok dat Rummeln vun de Iesenbahn, de dicht an uns Dörp vörbilöppt — un nie nich hört 'n de Klock vun de Kark ut't Nahwerdörp so düdli as in de Nacht. Man wat heet Nacht? Dat is jo blots düster, man nich so laat, dat allens slöppt. In veel Stuven brennt noch Licht — un wenn de Lüd de Gardinen nich vörtrocken hebbt, denn kann'n in de Stuven rinkieken. Jo, ik weet, dat hört sik nich, anner Lüd to beluern. Dat doot wi jo ok nich — man wenn een so an en Huus vörbigeiht, denn kiekt'n doch hen, wenn dat Licht ut't Finster so hell in'n Vörgoorn fallt. Kennen doot wi noch nümms in't Dörp — man de Hüs hebbt wi kennen lehrt, un männicheen Stuuv — so wied een de vun de Straat ut sehn kann. Wiss, se sünd all verschieden un ok nich all nah unsen Gesmack — man dor kümmt dat jo gor nich op an. Man hier sünd överall Minschen to Huus — mit ehr Freiden un Sorgen, Minschen, vun de wi nix weet un nix kennt, blots dat luerlütt Stück Bild, wat wi vun de Straat ut sehn könt.

Dat gifft hier Hüs, dor frei ik mi al op, wenn wi ut't Huus gaht. „Laat uns doch eersmal hier lanks gahn", segg ik denn to Gustav — un he weet al, worüm. Ik bün nämli bang, dat dor nahsten vielicht keen Licht mehr is in de Stuv, wo wi al faken en Mann an'n Schriefdisch sitten sehn hebbt. Wat he dor maakt, dat könt wi nich wies warrn — man all de Wannen sünd vull Böker — bet ünner de Deek! Jüst as bi uns! Wat mögt dat dor för Böker sien — wat is dat för een, de so laat noch an'n Schriefdisch sitten deit? In en anner Huus steiht blangen en grot Bökerschapp en Notenpult, jüst so een, as'n dat för Vigelinoder Cellospelen bruken mutt. Man wi hebbt noch nie sehn, wo dor een Musik maakt — man dat dor Noten op't Pult liggen, dat sünd wi al wies worrn. Wat ward dor woll speelt — wo giern much ik dat mal hören! Un denn blieft wi ok jümmers vör en Huus stahn, kiekt op dat Finster ünner't Dack — dor sünd de Deek un de Wannen vun de Stuv mit Holt utkleedt — mehr könt wi dor leider nich vun sehn. Man dat Licht vun en enkelte Lamp lett dat brune Holt schemern as Honnig, vör't Finster hangt blots 'n smucken Kopperketel mit'n Grönplant in — keen mag dor noch sitten, wo doch all de annern Finster al düster sünd?

De Stratenlanteerns geeft man blots 'n bleeken Schien — man mit de Tied kennt wi uns in't Dörp good nog ut, dat wi uns Straat ok noch in'n Düstern wedderfinnen kunnen ... Un dor is so laat blots noch een enkelt Finster hell ... „Süh doch, Gustav", segg ik, „dor sünd ok veele Böker, bet ünner de Deek, un Biller hangt dor, ik kann blots nich wies warrn, wat dat för welk sünd ..."

„Kumm", seggt Gustav, un slütt de Dör op, „ik heff dat Licht brennen laten. Wi sünd to Huus ..."

In de Gästekamer

Ganz fröher, nee, dor hett uns dat wieder nix utmaakt, wenn wi mal bi gode Frünn to Nacht bleben un de keen anner Lager för uns harrn as'n ol Sofa oder 'n Luftmatratz op'n Footbodden. Hüt sünd wi nich mehr — na, seggt wi mal — nich mehr bescheiden noog för so 'ne Oort Nachtlager. Op jeden Fall is dat 'n groten Wöhlkram för all. Un dat mag jo nich jedereen.

Wi harrn gottloff 'n lütt Achterstuuv, mit'n ol Slaapcouch un 'n poor utrangierte Möbelstücken kümmerlich utstaffeert, dor kunn to Noot ok mal een övernachten; aver en ole Tante vun uns, de hett dor 14 Dag in wahnt, nöm dat grotsnutig „Gästezimmer" un föhl sik dor bannig woll in, liekers se knapp Platz för ehr Kraamstücken harr. Nee, Wöhlkram weer dat ok. Un as uns Tante afreist weer, dor hebbt wi bald den ganzen olen Kraam rutsmeten un hebbt dor 'n richdige Gästekamer inricht', mit'n Wandbett, Kleederschapp un Bökerbord, mit'n schönen Teppichbodden un smucke Gardinen, 'n feinen Sessel keem dor ok noch rin, un denn hebbt Gustav un ik männichmal in de lütt Stuuv stahn un hebbt meent: „Hier muchen wi ok mal to Besök sien...!"

Blots een Haken weer dor jo bi: Dat gifft jo in jeden Huusstand so allerhand, wat'n nich so rümliggen laten kann, wat'n eersmal ut de Hand hebben will, ehrer een dor den rechten Platz för funnen hett. Sowat keem bi uns jümmers in de lütt Achterstuuv — eersmal! Männichmal hett dat dor meist as in en Rumpelkamer utsehn; man so lang wi keen Besök harrn, keem dat dor jo nich so op an. Un nu weer't dor jo mit ut. So'n smucke Stuuv kann'n jo nich mit

Kraamstücken verrungeneren! Wiß, wi hebbt dor woll an dacht un hebbt de Stuuv glieks mit so veel Wandschappen utstafferen laten, dat'n dor allerhand opbewohren kann un de Gast liekers nog Platz hett. Jo, dat hebbt wi — un wi könt se ok gor nich missen, uns Gästekamer...

Dorüm wüß ik glieks Bescheed, as wi körtens mal bi Bekannte weern un ehr nieges Huus bewunnern kunnen. Vun'n Keller bet to'n Böhn hebbt wi allens to sehn kregen — blots an een lütt Dör op de Deel güngen wi jümmers vörbi. „Och, dat is blots noch 'n Gästezimmer", sä de Huusfro un streev wieder. „Na, in'n Oogenblick hebbt Se keen Besök, nich?" grien ik so'n beten. „Eben", sä de Huusfro mit'n lütten Süfzer. Ehr güng dat ok nich anners as en gode Fründin vun mi, de in ehr Huus ok en lütt Stuuv för Nachtbesök reserveert hett — dat heet, betto hett se dor noch nümms in ünnerbringen kunnt, wieldat se dor eersmal allens henpackt hett, wo se betto noch keen anner Stä' för funnen hett.

Een schull jo nu denken, keen 'n Keller un 'n Böhn hett, de bruukt nich ok noch de Stuuv för Gäst vulltokramen. Jo, aver keen bringt denn glieks 'n enkelte lerrige Buddel nah'n Keller, oder wo bewohrt 'n de olen Zeitungen op, ehrer een de in Bünnel tosomensnört hett? Wo schall ik mit dat lütt Wäschegestell vull Wasch hen, dat ik abends vun'n Balkon nahmen heff — un de Wasch is noch nich ganz drög? Dat wi so veel Wandschappen in de Gästestuuv hebbt, dat's man een Glück, dor lett sik veel in wegsteken. Ik fraag mi blots männichmal, wat för ole Zeitungen, Packpapier un Winterstebeln, för Gustav sien Warktüch, för Bindfaden un ole Pappschachteln, wat dor nu würkli so'ne smucken, düren Wandschappen för nödig sünd? För den Kraam harrn dat de olen Regalen jo ok doon! Wiss, wi wullen jo för uns leven Gäst 'n smucke Stuuv inrichten. Blots wenn wi nu Besök kriegt, denn möt wi eersmal sehn, wo de sien Saken nu eegentli laten schall! De Schappen sind mit uns Kramstücken vull — jo, dat hebbt wi mit de Tied warrafti schafft! Un ik frag mi nu würkli, woto hebbt wi eegentli so'n smucke Gästekamer, wenn dat jüst noch so'n Wöhlkram is as fröher?

Ole Klamotten

Dat'n in'n Frack oder Smoking keen Auto waschen deit, dat versteiht sik vun alleen. Ik fraag mi blots: Woso? Ward dat Auto dor weniger sauber vun? Un dat hört sik ok nich, in'n swattsieden Nahmeddagskleed de Trepp to schüern. Worüm eegentli nich? Wenn een dat nich to koold un dat Kleed nich to schaad' is?

Aver nee, dat paßt sik jüst so wenig, as wenn een mit utfranschte Linnenbüxen to Ball gahn dee. Aver dat is wedder een Fraag vun Gesmack. Blots mi schall mal een vertellen, wo schall een mit so'ne feinen Saken hen, wenn se nich mehr paßt oder so ut de Mod' kamen sünd, dat de nümms mehr antrecken mag? Sowat lett sik doch nich eenfach so opdregen as'n Pullover oder 'n Rock? Ok Frack un Abendkleed warrn an eenen schönen Dag „ole Klamotten" — eendont, wo düer se weern un wo faken de een antrecken kunn. Man sünst hebbt Mannslüd dat mit ole Klamotten jo veel eenfacher as wi Fruenslüd. Wenn de „gode Antog" nich mehr de allerbest is — dat heet, wenn dor so langsam 'n niegen in Sicht kümmt — denn ward he to'n alldaagschen Antog. Nee, nich glieks för alle Daag, man wenn'n abends nochmal weggeiht oder wenn'n Besök kriggt, för 'n Sünndagnahmeddag to'n Spazeerengahn oder ok mal to Arbeid, wenn dor een Geburtsdag hett oder sünst wat Besünners in de Firma los is. Jo, un denn blifft dat dorbi, ok wenn nix Besünners los is, denn ward de gode Antog eers richdig to'n alldaagschen Antog. Dat heet, he is jo jümmers noch beter as de, de vörher de „Alldaagsche" weer. Den kann'n natürli ok noch antrecken, besünners bi slecht Weder. Dor harr'n

betto twors ok een för, de noch'n beten wat öller is
— aver de kann nu würkli bald mal afsett warrn.
Dat heet to'n Rümscharrwarken in Huus un Goorn
is he natürli noch lang good. Nich graad' to'n Auto-
waschen, nee, dor deiht dat de ol Hen- un Herbüx
noch, besünners, wenn'n dor 'n groot Gummischört
vörbinnen deiht...

Süh, un op düsse Oort deent sik denn een Antog
nah'n annern de Trepp dal, bet he, de doch mal ganz
schick un nie wer, bet he mit 'n poor annere Hen- un
Herbüxen in de Klüterkamer an'n Nagel hangt...

För Fruenskledaschen is de Weg nich ganz so een-
fach — un överto geiht dat gauer. Wat dat dor an
liggt, dat wi Fruenslüd dat „swacke Geslecht" nömt
warrt un bi niege Moden dorüm gauer „swack" warrn
könt as Mannslüd? Ik weet blots, dat mien Kleda-
schen sik op'n ganz afsünnerliche Oort verännert,
wenn se de Tied, wo'n se „nie" nömen kann, dat
heet, wenn se de „Schontied" achter sik hebbt. De
feine Mantel to'n Bispill, ik harr mi so freit, dat ik
den överhaupt kriegen kunn, he wer würkli ganz
wat Besünners un harr eben ok 'n besünnern Pries.
Wat heff ik den schont... liekers, so nah twee, dree
Johrn wer de gor nich mehr so wat Besünners. Wat
weer dor denn nu eegentli mal so schick an? Na ja,
so för alle Daag weer de noch lang good un toletzt
trock ik em blots bi slecht Weder gau mal över, wenn
ik eben wat inhalen wull... Man dat lütt Sieden-
kostüm, wenn ik dat nu för alle Daag antrecken wörr,
nee, denn müss jedereen denken: Wo will de denn op
los? Dorbi mag ik dat noch nich mal mehr antrecken,
wenn ik nahmeddags to'n Kaffee inlaadt bün. Un ik
heff dat doch mal to'n ganz besünners festliche Ge-
legenheit kregen; ik hör noch den Chef vun dat lütt

Modengeschäft swögen, dat weer nu mal „Pariser Chic". Hüt mag ik dat noch nich mal verschenken, ik kann nich mal verstahn, wat dor denn eegentli so schick an weer. Opsleten is dat natürli noch lang nich, is jo beste Waar... Tjä, för Fruenslüd is dat eben allens nich so eenfach as för Mannslüd, de vun ehr Kledaschen sogor noch bi't Autowaschen good vun hebben könt...

De Boort is af!

To Urgrootvadders Tieden hebbt jo woll de mehrsten Mannslüd 'n Boort hatt. Kott oder lang, blots een ünner de Nees oder rund üm't Kinn; männicheen hüng dat ok as twee Pund Suerkruut in't Gesicht, un mien olen Unkel Richard, he weer Slachtermeister, de harr so'n Oort gries-blonne Wuss ünner de Nees mit twee spitze Zippeln, de stief nah baben, meist bet nah de Oogen rop wiesen deen. Wat de Boort ganz friewillig düsse Richt' inslahn harr, dat glöv ik jo nich — Unkel hett wiss 'n beten nahhelpen müß. Man wo de ol Kaiser Willem jüst so'n Dings ünner de Nees sitten harr, wull mien Unkel jo tominnst op düt Rebeet nich nahstahn un hett dat ünner dat Motto: „Es ist erreicht" fein trecht kregen.

Na, dat is lang her; un denn keemen de Johrn, wo Mannslüd wedder ehr Gesicht wiesen dehn oder later so'n lütt Dings twüschen Nees un Mund stahn leeten, so, as jem dat wedder een vörmakt harr. Blots dat weer keen Kaiser Willem mehr, un en Teken för „Es ist erreicht" hett dat gor nich eers warrn kunnt ...

In de letzten Johrn, as dat för veel junge Lüd bi uns allens to glatt un to glei güng, dor hebbt se mit'n Boort gegen all dat Glatte un Gleie protesteert. Wedder weern de Hoor in't Gesicht to so'n Oort „Symbol" worrn, bet ok de Mannslüd, de gegen dat Glatte eegentli nix harrn, den Boort as Mod' annehmen un ehr Gesicht dormit tohangen deen as arabische Fruenslüd mit'n Sleier.

Noch vör twintig Johrn harrn blots 'n poor ganz ole Lüd 'n Boort, so een as de Wiehnachtsmann; in de verleeden Johrn weer'n Boort 'n Teeken för ganz junge Lüd, de noch nich drög achter de Ohren weern, un so sutje kümmt dat „Middelöller" achternah. Man düsse Lüd laat den Boort jo nich mehr wassen, as he will. Nee, se snied un snippelt em trecht, maakt em glatt un schier, un nu is he wedder to'n Smuck, to een „Manneszierde" worrn jüst as to Urgrootvadders Tieden. Nu tööf ik blots noch op Kaiser Willem sien Boortmuster „Es ist erreicht"! Man ganz so wied sünd wi op de „Nostalgie-Welle" jo noch nich trüchrutscht. Tjä, Boort is „in", un keen wiesen will, dat he eegentli noch gor nich to't ole Iesen hört, de lett sik een wassen. Man dat's jo ok wedder so'n Oort Protest! Natürli gifft he dat nich to; he deit, as wer dat mehr so'n Oort Jux, un keen sik noch 'n Jux maken kann, de wiest doch, dat sien Hart noch jung is, nich?

As en goden Fründ vun uns körtens ut'n Urlaub trüch keem — wat harr he mitbröcht? En smucken Snauzboort! Prima seech he ut — tominnst teihn Johr jünger! 'n poor Dag later sä Gustav miteens to mi: „Markst du gor nix?" Ik sä: „Nee, wat is denn?" „Kiek mi doch mal an", sä he. „Du hest di vunmorgen nich örnlich rasiert", sä ik. Annern Dag fraag Gustav mi nochmal — na, sowat, he harr sik jo wedder den Boort nich richdig afnahmen! Ünner de Nees harr he Stacheln as'n jungen Swienegel. Dor schull en Boort ut warden, verkloor he mi; wat uns Fründ kunn, dat kunn he denn jo woll ok. Och, mi weer dat recht. Ik wull em sogor Dubenschiet besorgen, dor schall'n sik de Lipp jo bekanntli vun binnen mit insmeren un buten mit Honnig, denn waßt de Boort gauer! Man bi em güng dat ohn Dubenschiet, meen Gustav meist 'n beten beleidigt — un bruuk in de nächsten Daag noch länger to'n Boortafnehmen as sünst. Gediegen, wo he doch nu de Stä' ünner de Nees utsporen kunn... „Dat versteihst du nich", sä Gustav, „so'n Boort mutt doch plegt warrn, dat duert nu mal sien Tied." Na ja, wenn de Plant noch so luerlütt is, mutt se jo paßt warrn as'n kranke Hehn. Man he keem sik, dee Boort, un stünn Gustav bannig good, un ik füng dor al an stolt op to warrn... Man denn kreeg Gustav 'n Snööf, rein greesig, wat he utholen müss! Dat duer jümmers länger, ehrer he morgens ut de Badestuv keem... „Ik hol dat nich mehr ut!" stöhn he, un ik wüß nich recht, wat he den Snööf oder de Boortpleeg meen. Na, un ehrgüstern keem he doch warrafti nackicht an'n Fröhstücksdisch! Nackicht ünner de Nees, versteiht sik! Schaad — un ik harr mi an den Boort al so wennt... Man Gustav seggt, den wull he leever den Wiehnachtsmann överlaten — he weer dor eenfach noch to jung för!!

Wenn de Schoh drückt ...

Keen so richdig dulle Wehdag hett, de mutt natürlich beduert warrn, dor hett he 'n Recht op, dat's eenfach Minschenplicht. Överto mutt'n, wenn't jiechens geiht, em vun de Pien ok wedder afhelpen. Man dat's mehr wat för Dokters un Krankenswestern. Blots Wehdag un Wehdag — dor gifft dat jo Ünnerscheed bi, de sünd sik jo nich all liek. Dat Recht op Beduern hett blots een, de würkli krank is. Wehdag, bi de een ganz un gor nich krank is, de könt twors ok aasig sien, man dor hannelt een sik, wenn't hoch kümmt, 'n poor gode Radslög mit in. Un een kann vun Glück seggen, wenn'n denn nich ok noch utlacht ward! Un Dokter oder Krankenswester, nee, de kümmert sik üm so'ne Wehdag eers recht nich! „Muskelkater" to'n Bispill — sowat nimmt jo keeneen för eernst! Blots de, de sik dormit afquälen mutt. Dat geiht vun alleen wedder weg, heet dat denn blots; „biet de Tähn tosomen un gah dor man gegen an, dor starvt'n nich vun." Wiß, dat's keen Krankheit — man deiht so'n „Muskelkater" dorüm weniger weh? Nee, dat's beter, een seggt dor gor nich eers wat vun; Wehdag, wo'n nich doodkrank mit in't Bett liggen mutt, de gellt eben nix. Oder wenn een de Schoh drückt! Un dat nich blots „symbolisch"! Jümmers, wenn ik mi 'n Poor Schöh köpen do, denn bün ik al bannig vörsichdig. Wenn de nich glieks bi't Anproberen good sitten doht, denn nehm ik se gor nich eers — un wenn ik de noch so giern lieden mag. Eers wenn ik dor op de Straat 'n poor hunnert Meter mit lopen bün, denn fangt se an to drücken. Ik weet, wenn ik se eers 'n poormal antrocken heff, denn hört dat op. Man bet dorhen — wat'n Quälkraam! Gustav kann dat gor nich recht begriepen. „Wat köffst di ok so'ne Dinger?" seggt he blots, „treck se doch ut!" Man wenn wi ünnerwegens sünd, wo schall ik dat denn maken? Ik kann doch nich op Strümp wiederlopen!

Verleden Week eers weer ik to Stadt, müss allerhand besorgen. Jo, niege Schöh harr ik antrocken; man de weern nich blots schick, de harrn bi't Anproberen glieks so richdig gemütlich an de Fööt seeten, meist as Huusschöh. Dor kunn doch nu würkli nix mit passeeren — un wenn ok, mal müß ik dat jo dörchstahn! Toeers güng dat allens heel good. Ik dach al, dütmal weer ik dor jo fein vun afkamen. Man as ik jüst wied nog vun to Huus weg wer, dat ik nich gau wedder ümkehren kunn, dor güng dat Theater los! De Öös füngen miteens an to kniepen, as weern se twee Nummern to lütt! Ik versöch, ganz fast optopedden, dat hölp nix. Ik versöch, de Fööt so'n beten nah butenwarts to setten, dat hölp eers recht nix. Ik beweeg de Töhn, ik bleef mal stahn — dat wörr jümmers slimmer! In de Geschäften, wo ik wat inköpen müss, dor müss ik mi jümmers an wat anlöhnen oder fastholen, anners weer ik meist ümfullen. Eenmal fraag mi en Verköper, wat mi slecht weer un wat he mi 'n Glas Water bringen schull. Op de Bank harr ik mit de nette Fru an'n Kassenschalter meist Stried kregen, wieldat se so langtögsch dat Geld hentellen dee — tominnst keem mi dat so vör. Dorbi kunn ik doch blots nich mehr stahn! Ik harr mit de Schöh de Finster insmieten kunnt, rein dull weer ik vör Pien! Ik dach al, ik schull mi 'n Taxi bestellen, dat mi nah Huus fohren kunn — man wied un sied wer keen to sehn, un wo lang harr dat ok duert, denken kunn ik meist gor nix mehr. An'n leevsten harr ik 'n wildfrömden

Autofahrer fraagt, wat he mi nich nah Huus bringen will. Ik harr gottweetwat doon kunnt, wenn mi blots een vun düsse Pien frie maakt harr! Rein bregenklüterig weer ik dorvun — un doch bleef mi nix anners över, as mit letzte Kraft nah Huus to humpeln. Männicheen hett wiss dacht, ik weer swoorkrank. Man wat harr de blots lacht, wenn he to weten kregen harr, dat mi man blots mien niegen Schöh so drücken deen! Liekers: Wehdag blieft Wehdag. Eendont, wat de för'n Ursaak hett. De könt'n Minschen heel un deel ümkrempeln. Dat Leegst is, he dörf sik dor noch nich mal wat vun anmarken laten, wenn he nich würkli krank is. Anners ward he blots utlacht!

Bruun — vun Kopp bet Foot

Körtens keem uns een vun uns Nahwers in de Möt — meist harrn wi em nich wedderkennt, so bruun weer he! „Na", reep he forts, „wo lang hebbt wi uns nich sehn! Wo is dat blots möglich?!" „Tjä, wenn Se so lang op Urlaub sünd", sä Gustav, „wat seht Se mal good ut! So bruun!!" „Och", meen uns Nahwer, „dat mehrste is jo al wedder weg. Se harrn mi mal sehn schüllt, as wi wedderkeemen! Ik heff mi jümmers sülm verschraken, wenn ik in'n Spegel keek. Nu sünd wi jo al wedder veer Weeken to Hus. Un in all de Tied heff ik vun Se gor nix hört un sehn. Se weren doch nich krank?" Nee, dat weern wi jüst nich. Blots dat muchen wi nu meist nich mehr seggen: Wi weern ok in'n Urlaub west, weern vör'n poor Daag eers wedderkamen — un de gode Mann fraag uns, wat wi krank west weern! Betto harrn wi glövt, wi harrn uns good verhaalt. Wi hebbt blots nich de brune Farv mitbröcht, de jo sowat as'n Utwies dorför ist, dat'n den Urlaub mit „Erfolg" achter sik bröcht hett. Un överto mag'n sik jo giern bewunnern laten: „Nee, wat hebbt Se blots för'n wunnerbore Farv! Wo sünd Se denn west?" Un denn hett'n eben goden Grund to vertellen, wat för'n wiede Reis' een sik günnt hett. Dat Bruun vun Rhodos oder de Kanarischen Inseln hett eben 'n annern Schick as dat Bruun ut'n eegen Goorn oder vun't „Städtische Freibad".

Dat heet, vun nix kümmt nix. Eenfach so nah Rimini oder nah Mallorca fohren un de Tied lopen laten, as se will, nee, so licht is dat nich. Keen schön will sien, mutt lieden Pien... ik heff se jo faken sehn, de flietigen Urlaubslüd, wo se dor an'n Strand

legen, dicht an dicht — un platt in de Sünn. Se weern
bi en heel wichdig un eernsthafti Wark: Se weern
dorbi, bruun to warden! Un nümms schall seggen,
dat weer doch ok schön, so in de Sünn liggen, drömen
un op dat Ruschen vun de Wellen to hören oder op dat
Singen vun den Wind in de Bööm. Wiß is dat schön
— blots een dörf dor jo nich bi inslapen! Een mutt jo
oppassen, dat de Sünn een ok schön vun alle Sieden
liek bruun brennt! Överto mutt'n sik jümmers wed-
der good insmeeren un jümmers wedder ümdreihn.
As'n Beefsteak op'n Grill . . .

Bekannte vun uns reist alle Johr nah't Middel-
meer. Wenn se Urlaub maakt, denn wüllt se Sünn
hebben, nix as Sünn. Över Dag doot se dor nix an-
ners, as in de Sünn to braden; twüschendörch gaht se
mal to Water, man denn maakt se sik fix wedder an
de Arbeid, so bruun to warrn, as't jiechens geiht. Eers
wenn se dat schafft hebbt, denn sünd se tofreden. Na,
wenn se tofreden sünd mit ehr Farv, denn weer dat
jo woll 'n schönen Urlaub. Man dat'n dorför twee-
dusend Kilometer fohren deit, dat kümmt mi doch
'n beten överdreben vör.

So, un nu hebbt Gustav un ik ok 'n wiede Reis'
maakt un uns Nahwer fraagt, wat wi krank weren!!!
Wenn ik nu seggen deh, dat Rümliggen in de Sünn,
dat wör uns ganz breegenklüterig maken, dat kun-
nen wi nich verdregen — denn wörrn de annern Lüd
eers recht denken, mit uns stünn dat nich besünners
good. Un wenn ik seggen dee, dat weer uns slichtweg
to langwielig, wi müssen Bewegung hebben, nich blots
för Arms un Been, nee, ok för'n Kopp, dat heet, wi
müssen jümmers wat Nieges sehn — dat wörr uns ok
so licht keen afnehmen oder wörr uns för'n lütt beten
överspönsch holen. Ok noch in'n Urlaub Museen un

ole Karken ankieken, keen Wunner, wenn so 'ne Lüd sik nich verhaalt.

Tjä, dor kann 'n nu de schönsten Fotos wiesen un de opregendsten Saken vertellen, dat gellt allens nix, wenn'n nich bruun as'n Tater wedder trüch kümmt. Keen in sien Urlaub nich flietig nog in de Sünn braden deiht, de hett so 'ne schöne Reis' eegentli gor nich verdeent un mutt sik nich wunnern, wenn de Lüd meent, he weer krank ...

Wenn de Sünn ünnergeiht

Vör Johrn hett de Professer in en Kunstschool mal sien Studenten fragt: Wo kann'n in de Natur de schönsten Farven sehn? Na, de jungen Lüd sän düt un dat, welk meenten, in'n Harvst, wenn de Bläder anfangt geel to warrn, annere vertellten wat vun de wunnerlichen bunten Fisch in de Südsee, un de jungen Deerns swögten vun de Farven an'n Heben, wenn de Sünn ünnergahn will. Weer jo allens ganz schön, meen de Professer, man so wied bruken se gor nich to kieken. Se müssen sik blots mal 'n Hümpel Steen nipp ansehn, dor kunnen se de schönsten Farven wies warrn.

Na, eendont, wenn de Sünn nah en schönen Summerdag to Roh geiht, dat kann jo 'n ganz wunnerbor Schauspeel sien. Dat markt sogor de, de anners för Farven nich veel Sinn hett. An'n besten kann'n dat natürli dor beleven, wo'n ganz wied kieken kann, un wo'n richdig süht, wenn de Sünn so sachen achter de Kimm verswinnen deit. To'n Bispill an de See, jo, dor maakt sik dat ganz besünners good! Un dorüm geiht mit so een Bild jo ok männicheen Film to Enn', de Musik ruuscht nochmal op, dat junge Poor geiht lanks den Strand un steiht in't rodgollen Licht — also nee, wat dat för'n Stimmung gifft! Un ok wat'n rechten Vördrag mit bunte Dias is, op't letzt hört dor eenfach en Bild vun en Sünnenünnergang to. Denn weet jedereen, nu is't to Enn', all seggt se nochmal „Ohh" un „Ahhh", wenn se sik ok sünst bi de annern Biller langwielt hebbt. Man düsse Farven, nee, de rieten doch allens wedder rut.

Keen mit'n Fotokassen ümgahn kann, den keddelt dat jo jümmers in de Finger, wenn he den glöhnigen

Ball so langsam dalsacken süht. Ik will't man ingestahn — mi geiht dat jüst so. Mit de Johrn heff ik al 'n ganze Reeg vun so'ne Fotos maakt, all verschieden un doch jümmers liek. Jedesmal heff ik dacht, nee, sowat Schönes sühst du dien Leevdag nich wedder — hol dat man fast. Na, nu liggen se in'n düstern Kassen, all de roden Sünnen.

As Gustav un ik körtens an de See op Urlaub weern, güngen wi an eenen Abend nochmal nah'n Strand rünner. Över Dag harr dat regent, eers an'n Nahmeddag weer de Sünn rutkamen, un nu seilen blots noch 'n poor Wulken över den hellen Heben. An'n Strand leepen 'n ganzen Barg Lüd rüm, vun alle Sieden kemen se an — de mehrsten mit'n Fotokassen in de Hand. Och so, se wullen dat för alle Tieden fastholen, dat grote Schauspeel — glieks müß dat jo losgahn. Överto geef dat ok noch 'n Kummedi to sehn: Jedereen vun de Fotokassen-Lüd söch sik nämli ievrig 'n richdigen Standpunkt för een Meisterwark vun Foto ut; welk schruven 'n anner Objektiv in ehrn Apparat, welk fummeln mit'n Belichtungsmesser rüm. een knee sik achter de Strandkörv un wull dor an vörbiknipsen, een anner leeg op'n Buuk achter en Buschen Strandhaber, welk weern ganz bet nah't Water lopen, seeten in de Huuk un luerten den passen Oogenblick af, un ik, na, ik will't man seggen, ik mark to laat, dat ik in den natten Sand natte Fööt kreeg, wieldat ik mi nich vun de Stä' rögen dee. Ik wull doch so giern mitkriegen, wo sik dat letzt Sünnenlicht in't Water spegelt, un wo dor jüst 'n Seilschipp ankeem, bleev ik stahn un luer, bet sik dat an de Sünnenschiev vörbischuven dee — dat müss doch 'n fein Bild sien! Weer dat nich allens Natur west — een harr meenen kunnt, dat is de reine Kitsch! Ik harr mi jo fast vörnahmen, een enkelt Bild wull ik man blots maken — to Huus harr ik doch so en Sünnenünnergang al mehr as tweedutzend Mal in mien Sammlung. Man nee, ik kunn't nich laten un müss jümmers nochmal knipsen, jümmers nochmal.

Gustav weer 'n ganz Stück achter mi stahn bleben un keek sik dat Schauspeel mit blote Oogen an — un harr dor wiss mehr vun sehn as ik. Miteens reep he mi to: „Kiek, nu stött se op't Water — süht meist ut, as müss dat zischen!" Warrafti — wat en Bild! Forts kreeg ik den Apparat vör't Oog, wull dat ok noch knipsen — och, de Film weer to Enn ... Man allens, wat vörher weer, dat kann ik mi jo in alle Roh to Huus ankieken — dat heet, wenn de Biller glückt sünd. Man wenn se't nich sünd, heff ik vun den ganzen schönen Sünnenünnergang nix hatt. Schaadt mi gor nix ...

Klockenkunzert

Wenn ik laat an'n Abend ganz still in'n Sessel sitt, wenn buten op de Straat nix mehr to hören is un ok de Nahwerslüd woll al slapen gahn sünd, denn warrn Stimmen düdlich, vun de een över Dag gor nix markt. De lütt Klock op mien Schapp, de tickt ielig, aver stüttig; se geiht elektrisch, un an'n Dag mutt'n al dat Ohr ranholen, wenn'n dat Ticken wieswarrn will. Ok in de Stuuv blangenan, op Gustav sien Schriefdisch, bewegt sik dat Binnerste vun en Klock. Un dat sett en Pendel mit dree güllen blänkern Kugeln in'e Gang, de dreiht sik rechts rüm, de dreiht sik links rüm; aver dor is'n lütt veerkantig Kasten ut Glas un Missing över stülpt. Bi Licht kann'n sehn, wo de Kugeln sik dreiht, mal rechts rüm, mal links rüm. Eers in de Nacht, wenn't rundüm musenstill is, denn hör ik dat sachen, ganz sachen knacken, schön in'n Takt — un ik sitt doch in de Stuuv blangenan ... Wenn de Slapstuvendör open steiht, denn kümmt dor so'n Wispern her, un dortwüschen maakt dat Klack un Klack un Klack ... elkeen Sekunn. Op mien Nachdisch steiht'n elektrischen Radio-Wecker, de hett keen Wieser, de wiest de Tallen: 23.15 — 23.16 — 23.17 — un jedes Mal fallt so'n lütt Klapp mit de niege Tall dal, dat geiht Dag un Nacht, blots dat'n an'n Dag dat Swiestern nich hört un dat beten Klacken al gor nich. Ok de Klock in de Kök lett sik mit 'n hell un hastig Ticken eers bi Nacht hören, un wat dor so dump un deep as ut wiede Feerns klüngt, dat is doch den Nahwer sien ole grote Wandklock ... Oder nee, dat klüngt meist, as weer't dat egen Hart. Dor kann ik noch so alleen un still sitten, ok wenn rundüm allens slöppt, dat's nie nich dodenstill: Dat tickt un tackt, dat swiestert un klackt, de Klocken sünd jümmers in'e Gang un drieft de Tied vör sik her. Wenn ik nipp oppaß, denn hör ik de Klock vun uns Kark de Tied anseggen...

Dat gifft jo Lüd, de sammelt Klocken, ganz ole Klocken, de't al lang nich mehr so ohn wieder wat to köpen gifft. Ik kenn en Mann, de hett'n ganze Reeg ole Taschenklocken — un dor sünd heel kostbore un afsünnerliche Stücken bi. Se hebbt den Mann wiß 'n lütt Vermögen köst — aver he hett dor ok heel dull för arbeiden müßt. Man wenn he abends möd un heel un deel afmarracht nah Huus kümmt, denn gifft't för em nix Schöners, as all sien Klocken vör sik hentoleggen, optotrecken un se een bi een an't Ohr to holen. Noch in'n Düstern wörr he all sien Klocken an ehr verschieden Ticken ut'neen kennen. Man dat Allerschönst is för em, wenn he so'n ole Klock, mit de keen Klockenmaker mehr wat anfangen kunn, wenn he de mit veel Gedür un Geschick wedder to'n Gahn bringen kann. Denn leevt se eers wedder, seggt he. Dorbi is he gar keen Klockenmaker. Dokter is he un versöcht över Dag, Minschen wedder gesund to maken.

Wat heff ik in en Museum mal för'n Schreck kregen: Ganz alleen güng ik dörch de hogen Saaln, hör blots mien egen Schreed oder af un an mal de vun en Oppasser — miteens aver hör ik noch wat: So'n heesch Aaten, un dat müssen ganz veele sien, de knapp Luft kriegen kunnen, un weern dor nich ielige Schreed vun veele harde Schöh? Wat weer dor los? 'n Oogenblick later wüß ik dat: Dor hüngen luuder verschieden Klocken an de Wand, un all güngen se, lütte un grote Parpendikel swungen hen un her, dat tick un dat tack, dat rassel un gnarr, un af un an ping dor wat as'n lütt sülwern Hamer. Ik harr dat Geföhl, as harrn se all verschieden Gesichter — un de keeken mi an! All wiesen se nämli 'n verschieden Tied, un dat leet, as wull elkeen ole Klock mi wies maken, dat blots se recht harr! Un ik mark miteens, dat de Tied keen Anfang un keen Enn hett. Eers de Klock deelt uns dat Maat to. Mit twölf Tallen un twee Wieser hett elkeen Stünn för elkeen Minschen sößtig Minuten. Blots wat he dormit maakt, dat's sien Saak.

Nix blifft sik liek ...

Al in urole Tieden hett'n groten Gelehrten dat wüßt: Nümms kann tweemal in datsülwige Water stiegen, wat't de See is, een breden Strom oder 'n smallen Beek; dat Water bewegt sik jümmerto un jümmerto, dat blifft sik nie un nümmer liek. Nu bün ik jo keen Gelehrten un will mi wiss nich as Philosoph opspelen: Man mi dücht, nich blots dat Water blifft sik nümmer liek, ok de Minsch verännert sik, Dag för Dag — blots dor markt he sülm nich so veel vun. Meist much ik seggen, för gewöhnlich markt he dor överhaupt nix vun. He süht blots, wo de annern sik verännert, wo se öller warrt. Ok wenn'n nu würkli nich afstrieden kann, dat ok dat eegen Spegelbild al 'n poor griese Hoor, lütte Folden üm de Oogen un överhaupt een Figur wiest, de nu nich mehr so ganz verbargen deiht, dat'n de eersten jungen Johrn al achter sik hett, dorüm is een doch keen annern Minschen worden. Nee, verännern doot sik blots de annern — de kann'n männichmal knapp wedderkennen, wenn'n se lange Johrn nich sehn hett. Un dat liggt wiß nich blots an't Duppelkinn oder an de Brill, de se nu dregen möt.

Körtens keem ik mit en Fru in't Snacken, dat weer eben vör en Kunzert; wi stünnen beid' in de Gardrov un wullen uns Mantel afgeben. Mi full dat al op, wo se mi jümmers vun de Sied ankieken dee — se keem mi ok bekannt vör, man ik harr wiß nich seggen kunnt, wo ik düsse Fru al mal sehn harr. Endli fraag se mi nah mien Namen — ik sä ehr, wo ik heeten dee, ganz verwunnert, woso se dat denn weeten wull. Se lach so'n beten un trock miteens 'n Breef ut ehr Handtasch: „Jo, Se hebbt mi düssen Breef mal schreben, vör söben Johrn!" Nu heff ik al veel Breefen schreben, ok an Lüd, de ik gor nich kennen dee. Man hier kunn ik mi warrafti nich op besinnen — bet ik den Breef in de Hand nöhm. Jo, mien Schrift weer dat — oder seggt wi leewer: So harr mien Schrift mal utsehn. „Dörf ik den Breef mal lesen?" frag ik — un dat weer jo al meist 'n dumme Frag, wo ik den doch sülm schreben harr. Man he hör mi jo nich mehr to — dat weer meist as'n frömden Breef. De Fru, ik harr se mal ganz kott bi Bekannte sehn, vör lange Johrn al, de harr mi wat fragen wullt, harr bi de Bekannten nah mien Adress fragt, na, un denn harr se mi schreben un ik harr ehr dor 'n Antwurd op schreben, aarig wat lang, un överto harr ik in den Breef vertellt, dat ik eben vun en lütt Reis' trüchkamen weer, dor harr ik 'n lütt Stadt mit en schöne Kark un en ol Slott bewunnert. Dat wörr ik nie vergeten, stünn in den Breef, so en deepen Indruck harrn mi de olen Muern maakt... Sühso, dat harr ik also schreben, dormols, an en Fru, de ik wieder gor nich kennen dee, ik harr dat schreben, wiel dat't Beleeven in de lütt ole Stadt noch so frisch weer — man nu, nah söben Johrn, kreeg ik dat eers wedder ut mien eegen Breef to weeten. Un kreeg dor överto bi to weeten, dat't man so'n Saak is mit dat schöne Wurd: „Dat kann ik nie vergeten...!" Tjä, dat könt wi uns viellicht vörnehmen, un wi glövt dor viellicht ok an — man wat wi beholt un wat wi denn doch vergeet, mi dücht, dat hebbt wi gor nich in uns eegen Gewalt.

De Fru harr de Breef so good gefullen, se harr em opbewohrt — un meist schaam ik mi so'n beten, so en Breef, as ik em dormols schreben heff, so en Breef kunn ik wiss nich wedderschrieben. Un dat is doch eers söben Johrn her... Sogor mien Schrift süht anners ut, nich veel, aver eben doch anners, ok de is üm söben Johrn öller worden. Man för de gode Fru weer düsse Breef sotoseggen en Stück vun mi, dor freih se sik an un dat leet, as harr se dat Geföhl, dor harr se en Stück vun mi infungen.

Schull ik ehr denn nu seggen, dat nümms tweemal in datsülwige Water stiegen kann un dat sik ok de Minsch nich för eenen Oogenblick ganz un gor liek blifft? De Fru, de ehr dormols düssen schönen Breef schreben harr, de geef dat lang nich mehr; de hett blots densülwigen Namen hatt as ik, un ik weer ehr viellicht noch 'n lütt beten liek... Man nu bimmel dat al to'n drüdden Mal. Dat Kunzert schull anfangen, un jedereen vun uns müß an sienen Platz gahn.

Mit uns fangt de Geschicht' eers an

Jümmers heff ik bannig giern tohören much, wenn ole Lüd ut ehr junge Johrn vertellt. Mi keem dat jümmers vör as'n Oort Märken, — ok wenn ik wüss, dat weer allens würkli wohr. Ik kunn mi blots nich vörstellen, dat de Ole ok mal 'n ganz jungen Minschen weer, un dat to en Tied, ehrer ik sülm op de Welt keem.

Nu kann een sik in „Geschichte" noch so good utkennen, een kann ut Böker un Museen nipp un nau weten, wo de Minschen fröher leevt hebbt — man för't eegen Leben hett dat keen groot Bedüden. För een, de twintig Johrn old is, liggt allens, **wat vör 21 Johrn schehn is** — sotoseggen in'n Nevel; dat's meist griese Vörtied, wo'n wat in Böker vun lesen kann... Nee, richdig anfangen deiht de Weltgeschicht för jedeneen eers denn, wenn he dor sülm sien eersten Optritt harr. Un dorüm kann'n sik eben woll ok nie recht vörstellen, dat ole Lüd mal junge Lüd weern... En Fründ vun uns is Maler, un al siet'n poor Johrn hangt en groot Bild vun em in uns Wahnstuv. Dor freit wi uns jeden Dag över. Mal kregen wi Besök vun en junge Deern, de bleef lang vör dat Bild stahn un much dat woll ok lieden. Man se kunn gor nich recht begriepen, woso wi dat Bild denn so giern muchen. „Jo, worüm denn nich?" fraag ik ehr. Se tuck verlegen mit de Schüller: „Tjä, dat is so... ik meen, dat is doch so... modern, dat Bild..." Nu müss ik aver luudhals lachen. Dat wi in ehr Oogen aarig öllerhaftige Lüd weern, dat kunn ik woll begriepen, man dat wi dorüm Biller an de Wand hebben müssen, as se vör 100 Johrn begäng weern, keem mi doch bannig överdreben vör. Dat se mit de „Historie" 'n

beten dörch'nanner kamen weer, glöv se mi eers denn
to, as ik ehr in en Book wiesen dee, wo Maler noch
veel „moderner" malt hebbt, in een Tied, as Gustav
un ik noch gor nich boren weern...

Man wo dull een mit de „Historie" in't Stölkern
kamen kann, dat heff ik eers körtens wedder beleevt:
Ik wull in en groot Geschäft 'n Schallplatt' köpen;
de Verköper, he weer so'n jungen Snösel, wull mi an
en Disch setten, dor kunn ik de Platt' hören — wenn
ik mi dor 'n Kopphörer bi opsetten dee. Man dat
wull ik nich, ik wull in een vun de lütten Kabinen
sitten un de Musik vun'n Plattenspeeler hören —
ohn Kopphörer. „Och jo", sä de Bengel, as wull he
sik entschülligen, „mit so'n niemodschen Kraam mögt
Se woll nich mehr ümgahn..." Oha! Seggt heff ik
dat twors nich — he harr mi dat woll doch nich to-
glövt, dat ik Kopphörer al as ganz lütte Deern in
mien Öllernhuus kennen lehrt heff, un dat de för mi
ganz un gor keen niemodschen Kraam weern — in'n
Gegendeel! Man wo ik jüst vun'n Friseur keem, wull
ik mi vun düsse Dinger de Hoor nich tosomendrücken
laten!

Man ik harr den jungen Mann veel vertellen
kunnt vun de Kopphörer ut mien Kinnertied — wo
harr he dat verstahn schullt? Em weer dat blots lach-
haftig vörkamen. Jüst so lachhaftig, as mi en urool
Auto vörkeem, dat mal op de Landstraat vör mi her-
tucker. Nu gifft dat jo Lüd, de mögt düsse „Oldtimer",
se betahlt dor veel Geld för un hegt un plegt se un
kaamt sik dor bannig schick mit vör. Na, is jo Ge-
smacksaak, man in mien Oogen is dat blots över-
leidigen Speelkram. Nu seet jüst uns ole Unkel blan-
gen mi — he is al wiet över de tachentig rut — un de
funn dat ole Auto jo nu ganz un gor nich lachhaftig.

„Süh", reep he, „jüst so'n Auto hebbt mien Öllern ok hatt — wat hebbt wi dor för feine Reisen mit maakt!" Na, dat kunn ik mi jo nu gor nich vörstellen — dat mutt jo'n Straaf' west sien, mit so'n Vehikel dörch de Landschaft to juckeln... Dor hett dat to mien Kinnertied aver al anner Autos geben, oha...! Tjä, dat kümmt eben nich blots op den Standpunkt an, nee, ok op den Dag, wo'n sülm to Welt kamen is, denn dor hett jo allens eers richdig anfungen. Allens wat vörher weer, is jo blots Geschicht' oder sünd ok Geschichten...

De Tofall regeert

Wenn in en Roman oder in en Kinostück de Tofall en besünners grote Rull speelt, denn heet dat: Nee, wat de Lüd sik allens utdenken könt — in Würklikeit kann dat jo gor nich angahn! Nee, in en Geschicht, de wat dögen deit, dor möt de Minschen nah ehrn eegen Charakter hanneln, blots de kann ehr Schicksal bestimmen — dat kann'n doch nich vun so'n dösigen Tofall regeern laten! Denn weer dat jo billigen Kitsch!

Na ja, Romanschriftstellers möt sowat jo allens bedenken. Denn wenn se so schrieben deen, as dat in Würklikeit togeiht — dat wörr jem nümms afköpen... To'n Bispill sowat, as uns güstern en Bekannten vertellt hett: He sitt morgens alleen bi't Fröhstück, sien Fru is verreist. Dor bimmelt dat Telefon — 'n Fru is an'n Apparat, man he kann sik bi den Namen gor nix denken. Man noch ehrer he wat fragen kann, nömt em de Frömde bi Vörnamen un seggt mit'n söte Stimm, wo schön, dat se em faat kregen hett — dat weer doch man en Glück! Un denn kriggt he endli rut, dat is en ol Schoolfründin vun em; dormols leev he noch gor nich in uns Stadt, nee, dat weer wied weg, in'n lütte Stadt an de hollandsche Grenz' — un in all de veelen Johrn hett he ok nix wedder vun ehr hört. Se is nu ok man blots för een Dag in uns Stadt kamen, un dat is de reine Tofall, dat se em överhaupt noch to Huus andrapen hett. Alle annern Daag mutt he nämli fröher in'n Deenst. Na, se wüllt sik jo nu giern weddersehn — för'n Tass' Kaffee in'n Restaurant langt sien Tied noch. Nee, nu geiht dat mit dat Schicksal nich los, un dor passeert ok nix, wat mit Charakter to dohn

65

hett... nee, de ole Schoolfründin is mit ehrn Mann
kamen. Se sitten un snacken; man denn hett uns Bekannten keen Tied mehr, he mutt gau to'n Deenst —
un löppt in de Dör vun dat Restaurant mit twee Lüd
tosomen, de kaamt ok ut de lütt Stadt an de hollandsche Grenz', un de beiden kennt he ok ut de Schooltied, un de sünd ok man blots för een Dag herkamen.
Un dat de anner Fru ut ehr Stadt dor is, dor weet se
gor nix vun, de hebbt se nämli al siet lange Tied nich
mehr sehn! Un denn suust se rin in't Restaurant, un
denn is de Överraschung natürli bannig grot — un
jedereen seggt: So en Tofall! Also sowat gifft dat jo
woll nich! Gifft dat aver doch. Blots nich in Romans
— denn dor wör sowat jo nümms glöben...

Nu hett natürli jedereen vun uns al ganz afsünnerliche Tofälle beleevt. Man keen so'n dicken Steen
statts op'n Kopp so eben vör de Fööt fullen is — de
hett Glück hatt. Dor snackt'n nich so giern vun Tofall. Wenn de junge Bruut mit ehrn Brögam in de
Kark insegent ward, — dat is, na, dat is Schicksal,
jo, un... wat dat överto ok noch Glück is, dat ward
sik later jo wiesen... Man Tofall is dat nich!! Anners harr se jo statts Fritz ok Franz heiraden kunnt
oder Otto oder Klaas — wenn de Tofall dat so wullt
harr...

Nee, den Tofall troot wi rein gor nix to, den wüllt
wi nix glöven, un vun em regeern laten wüllt wi uns
eers recht nich! Dorüm könt wi Romans, wo he so'n
grote Rull speelt, nich recht lieden. Wenn mi nich vör
Johrn mal een seggt harr... rein ut Tofall natürli —
oder nee, dat stimmt jo gor nich! Also wenn sik nich
tofällig vör noch veel mehr Johrn 'n jungen Mann
un 'n junge Deern kennen lehrt harrn... na, dor
sünd later mien Öllern ut worden. Un wenn de ehr

Vadder un Moder nich tofällig... na, dat nimmt jo gor keen Enn! Man so wied trüch mutt een jo nich gahn: Allens, wat wi so üm un an uns hebbt, dat is mal dörch'n Tofall anfungen — blots, da'n nich weeten kunn, wat dorbi rutsuert un wat de Minsch mit den Tofall anfangen dee...

Wat för'n grote Familie!

Wenn een Kind eben op de Welt kamen is, denn wunnerwarkt de Verwandten jo forts: „Nee, also ganz de Vadder!" Oder dat heet: „Dat kümmt ganz nah Opa ... kiek doch mal de Nees! Man de Oogen sünd vun Tante Guste!" Un all sünd se tofreden, wenn dat Lütt ganz düdli wat vun de Familie hett, eers denn hört dat dor richdig to ...

Mal vertell mi en Fründ, he harr in en „Gemäldegalerie" dat Bild vun en berühmten Bumeister sehn — un dat weer so üm un bi 200 Johrn old. As he jüst wiedergahn wull, stött he meist mit'n jungen Mann tosomen, de harr achter em stahn un sik dat Bild ok ankeken. Un düsse junge Mann, uns Fründ verfeer sik — dat kunn doch woll gor nich angahn! — düsse junge Mann seech den Bumeister dor op dat ole Bild so liek, dat harrn meist Tweschens sien kunnt ... De junge Mann smustergrien. He wüß al, worüm uns Fründ so grote Oogen maken dee. Un denn vertell he, de Bumeister dor op dat Bild, dat weer een vun sien 32 Ur-Ur-Ur-Urgrootvadders. Un he sülm studeer. He wull ok Architekt warrn. Man wat he so en Genie warrn kunn as de dor baben op dat Bild, nee, dat glöv he nich ... Un ik harr de ganze Geschicht nich glövt, wenn uns nich jüst düsse Fründ dat vertellt harr.

Nu weet de mehrsten vun uns jo woll nich, wo ehr 32 Ur-Ur-Ur-Urgrootvadders utsehn hebbt — jo, soveel sünd dat! Mit de Grootmoders tosomen sünd dat 64 Minschen! Un von düsse 64 hett jo ok jedereen wedder Öllern un Grootöllern un Urgrootöllern hatt. Ok de harrn all Öllern, Grootöllern — man de mehrsten hebbt överto noch Süstern un Bröder hatt. Un

vun de hebbt sik jo ok welk verfriegt un hebbt sülm
Kinner kregen. — Dat sünd all uns Verwandten! —
Un vun de mehrsten weet wi gor nix! Ik heff mi dat
mal utreekent: Wenn ik jede Generatschon mit 30
Johrn ansetten do — un mien veer Grootöllern sünd
so üm 1860 boren — denn heff ik 1770 al mien 64
Ur-Ur-Ur-Urgrootöllern hatt; 200 Johrn fröher,
1570, weer al de 13. Generatschon vör mi mit 4096
Uröllern an de Reeg. Un nochmal 200 Johrn trüch,
1360, weren dat al 524 288 Uröllern — üm 1300
sünd dat al över twee Millionen! Un dorbi heff ik
jümmers blots de Öllern tellt, un de Öllern vun de
Öllern... Wenn ik mi so in'n Spegel ankiek — wat
heff ik woll allens vun de mitkregen...? Dat gifft
jo veel Lüd, de bedrieft „Ahnenforschung", un dat
is wiß bannig interessant, wenn se rutkriegt, dat een
vun ehr Vöröllern 1532 boren is un later en Fru
heiradt hett, de 1537 to Welt kamen is. Man wat
sünd dat för Minschen west, wo sünd se dörch't Leben
kamen, wo hebbt se utsehn, wat harrn se för'n Cha-
rakter? Tjä, meist weet'n dor nix mehr vun... Een
vun mien veer Urgrootmoders, de is 1847 boren. Ik
heff ehr nich mehr kennt. Man ehr Dochder weer mien
Grootmoder, un de weer wedder de Moder vun mien
Moder. Vör'n poor Weeken weer ik to en Vördrags-
abend gahn. In de Paus' stüer miteens 'n frömden
Mann op mi to un sä: „Goden Abend, dörf ik mi mal
'n Oogenblick to di setten?" Ik mök grote Oogen un
stamer blots: „Jo, bitte..." He smustergrien: „Du
wunnerst di woll, dat ik ‚du' to di segg, wat?" Ik
kunn blots nickköppen, man denn verklor he mi:
Sien Grootmoder, dat weer mien Urgrootmoder
west, jo, de, de 1847 boren weer. Un de harr nich
blots en Dochder, de harr ok en Söhn hatt. Un

düsse Söhn, dat weer sien Vadder west. De weer jo nu de Broder vun mien Grootmoder. Un so weer he, de Frömde, de Vetter vun mien Moder. Un mien — tjä, wo seggt'n dor nu to — mien „Grootvetter" ... na, op jeden Fall mien Verwandten! Ganz tofällig harr he rutkregen, keen ik weer — un so bün ik miteens to Verwandtschop kamen, vun de ik mi betto nix vermoden weer. Denn mien „Grootvetter" hett jo ok 'n Fru, un Kinner hebbt se ok. Un all sünd wi ganz richdig verwandt! Se hebbt mi vertellt, dor weern noch veel mehr, de to uns Familie hört — blots de kenn ik betto noch gor nich.

Tjä, wenn'n sik so överleggt, woveel Vöröllern jedereen vun uns hett, denn müss'n sien Mitminschen eegentli mit anner Oogen ankieken. Dat kunnen jo — Verwandte vun uns sien ...

„Adel verpflichtet"

Dat's al vele Johrn her, dor müss jedereen vun uns so'n beten „Ahnenforschung" bedrieven; dat weer vun „Staatswegen", un dat harr warrafti 'n ganz leegen Grund. Man dat bruuk ik nich wieder to verkloren. Blots siet de Tied weer mi sowat jümmers 'n beten „suspekt", as'n dat mit'n Frömdwurd nömt. Un wat heff ik dor al vun, wenn ik weet, dat mien Urgrootvadder mit Korn hanneln un en annern Urgrootvadder Schosteenfegermeister weer? Nu is jo „Genealogie" — dat's blots 'n anner Wurd för „Ahnenforschung" — en Wetenschop för sik, un dor könt putzwunnerliche Saken bi rutkamen, wenn'n dat richdig bedrieben deit.

Körtens weern Gustav un ik bi Bekannte to Besök, un de Mann wies stolt op en lütt Bild an de Wand: „Dat is Hans Sachs", sä he. Jo, wi wüssen jo, keen dat weer, de Schohmakermeister un Poet ut Nürnberg, vör meist fiefhunnert Johrn. „Un dat is een vun mien Ahnen", sä uns Bekannten. Junge jo, he kreeg miteens 'n ganz anner Bedüden! Wi weern richdig stolt, dat wi mit en Mann snacken kunnen, de en echten Verwandten vun Hans Sachs weer! Nu harr he dat jo nie nich to weeten kregen, wenn de „Ahnenforschung" nich sien „Hobby" weer. Dor hört 'n Barg Arbeid to, bet'n sien Vöröllern ut dree — veer — oder sogor fiefhunnert Johrn rutfunnen hett! Överto ist dat warrafti nich eenfach, in all Karkenböker un ole Akten to lesen, dor schull een giern Latiensch könen un ole Schriften bookstaberen un 'n ganzen Barg vun Geschichte verstahn, anners kümmt'n dor nich mit trecht. Man wenn'n eersmal 'n poor hunnert Ahnen op'n Dutt hett, ik meen, vun de'n ok weet, wannehr de boren un storben sünd, wonnehr se leevt un wo se ehr Brod mit verdeent hebbt, denn is dat al wat! Uns Bekannten verstünn sik jo nu op all de nödigen Künst un weer dor bannig wied mit kamen; un as he mark, dat wi dat heel interessant funnen, keem he mit'n Reeg Böker an, mit all sien olen Papiern un Ahnentafeln, un he kunn uns wiesen, wo wiedlöftig so'n Familie sien kann. Man Tallen un Namen alleen sünd jo nich allens. Vun männicheen vun sien Vöröllern wüß he ganz dulle Geschichten to vertellen, de harr he sik all rutlest ut Akten un Papieren.

Nu harr he natürli nich allens ganz alleen rutfinnen kunnt; bi all sien Forschen keem he jo ok mit anner Lüd tohoop, de ok ehr Vöröllern nahspören deen. Un bi soveel Vöröllern is dat vielliht nich so verwunnerlich, wenn sik dor miteens Lüd in 'ne Möt kaamt, de densülwigen Ur-Ur-Ur-Ur-Urgrootvadder harrn ... „Könt Se to de Lüd denn glieks ‚Du' seggen?" wull ik weten; „ik meen, Se sünd doch verwandt!" Uns Bekannte lach: „Verwandt, na, dat's denn doch woll 'n beten överdreben! Wi hört to en ‚Ahnengemeinschaft' — man wat bedüd dat al?" Nu harr de goode Mann ok för sien Fru all de Ahnen utforscht, un een schall dat jo nich för möglich holen — de beiden, Mann un Fru, hörten ok to een „Ahnengemeinschaft"! „Un denn hebbt Se heiraden kunnt?" reep ik. „Na ja", smustergrien he, „dat's doch meist dreehunnert Johrn her, dat wi mal een Vörfohrn tohop harrn — dat tellt doch nicht groot!"

Tjä, een kann woll Ahnen sammeln as Breefmarken, blots wat hett'n dorvun, wenn dat nix tellt? Dat heet, wenn'n so'n berühmten Minschen ünner sien Vöröllern finnt, denn is dat natürli wat anners!

So'n Drüppen Blood kann sik dor jo vun verarvt hebben — un wenn'n sik dat ok blots inbildt, helpen deit dat viellicht, wenn'n mal 'n beten Moot un Tovertruun to sik sülm bruukt... Wo heet man noch en englischen Film: „Adel verpflichtet" — süh, un dat is männichmal as so'n Krückstock dörch't Leben.

Gediegen is man blots, dat wi all, jedereen un ohn Utnahm, so en lange Reeg vun Vöröllern hebbt; un blots, keen dor nix vun weet, de glövt, mit em weer de Welt överhaupt eers richdig anfungen... man eers, wenn'n sik mal düdli vör Oogen stellt, woveel dusend un dusend Minschen nödig weern, dat een nu, jüst so, as een nu mal is, op de Welt kamen kunn — woso heet dat eegentli „Adel verpflichtet"? Blots de...?

Eersmal ...

Mi schall blots mal verlangen: Wo heff ik denn nu de niege Telefonreken laten? Betahlt is se, dor möt wi uns nich üm kümmern. Man wi hebbt'n besünnere Mapp' för all Reken, un dor hört ok düsse rin. Dammi nochmal to — wo heff ik de henleggt?

Achter den groten Sessel in de Wahnstuv steiht'n Karton, dor sünd Fotos in. De wull ik al lang mal in en Album kleben. Man betto bün ik dor noch nich to kamen. De Karton achter den Sessel süht wiss nich schön ut — ik weet blots nich, wo ik dormit afblieben schall. Wenn ik den in de Kamer stell, na, denn ward ut dat Inkleben vun de Fotos nie wat! Eersmal steiht he dor ... un wenn ik niege Fotos krieg, denn kann ik de jo eersmal in den Karton stoppen ... Un de Telefonreken, na klor, de heff ik ok eersmal ut de Hand leggt. Blots nich dorhen, wo se henhört!

Wat deiht'n nich allens „eersmal" — un blots, wieldat'n för'n Oogenblick wat ut de Hand hebben will. „Legg dat man dor eersmal hen!" — un dor blifft dat denn ok liggen, de Pappkarton oder de Reken, 'n Hümpel Zeitungen oder lerrige Marmeladenglös.

Na, ik hör de ganz örnlichen Lüd al seggen: Bi mi kümmt sowat nich vör. Bi mi hett allens sien Platz — un dor blifft dat ok bi! Denn gifft dat ok keen överleidig Söken. Grootordig, wenn een dat mit'n ehrli Geweeten seggen kann! Man de is jo woll noch nich ümtrocken! Bi uns is dat twors ok al 'n Tiedlang her — man ik kann mi noch ganz good op dat Gewöhl besinnen: De groten Möbelstücken kregen twors forts ehrn Platz — man as dat an't Utpacken vun all de veelen Kisten un Kasten güng, dor kunnen wi gor nich so op'n Stutz seggen, wo de Kraam denn nu överall henschull. Wiss, de Kledaschen hörten in de Slapstuuv un Tassen, Töller, Pütt un Pann in de Kök. Man dat kunn dor jo nich eenfach so rümstahn, anners kunn'n sik dor jo gor nich bewegen. Na, un so hebbt wi dat een eersmal dor afstellt un dat anner eersmal hier. Gustav hett sien Böker eersmal so in't Bökerbord stellt, as se em bi't Utpacken in de Hand kemen, un ik heff 'n Waschkorf mit allerhand Kraamstücken eersmal in'n Keller bröcht. Eersmal. Blieben schall dat dor natürli nich!

Nix, wat'n „eersmal" deiht, dat schall für jümmers sien — nee, dat gellt blots för'n Oogenblick oder doch tominnst blots för'n kotte Tied — dat's 'n Övergang... man een mutt sik männichmal wunnern, wo lang düsse Övergang duert! Düsse ole Pappkarton mit de Fotos steiht al meist 'n Johr in de Eck achter den Sessel in de Wahnstuv... dor ward mi dat jo woll nich so mit gahn as mit de Kist vull ole Papiern. De heff ik gau tosomenpackt, as wi mal ümtrecken schullen. Ik harr dormols nich de Tied, den ganzen Kram dörchtokieken — un so heff ik eersmal allens tohop packt. Un in de niege Wahnung harr ik dor ok nich forts de Tied för un heff de Kist eersmal op'n Böhn stellt. Un dor heff ik se eersmal vergeeten. Un as wi wedder ümtrecken schullen, dor heff ik se eersmal so mitnahmen un se nu eersmal in'n Keller stellt. Ik schull den ganzen Kram man verbrennen — man dat geiht jo nich. Ik mutt doch nahkieken, wat dor allens binnen stickt. Dat heff ik wieldeß nämli ok vergeeten...

Wenn ik bi Nahwerslüd blots ganz kott inkieken un wat bestellen oder wat afgeben schall, denn heet dat meist: „Och, setten Se sik doch eersmal hen..."

Klor, in'n Sitten snackt sik dat beter as in'n Stahn.
Man hett'n sik eersmal hensett — denn kümmt'n dor
ok eersmal nich wedder weg...

Tjä, dat's 'n gefährli Wurd — liekers kann dat
nümms missen. Man nu ward sik jo wiss männicheen
vörnehmen, dor 'n beten vörsichdiger mit ümtogahn
... eersmal.

Eenfach weg ...

Een mutt sik doch wunnern, wat de Lüd allens so verleert! In uns Zeitung gifft dat op dat Blatt mit de Annoncen en Rubrik: Verloren — gefunden. Man de mehrsten maakt künnig, dat se wat verloorn hebbt: Smuckstücken, Breeftaschen, Slötel — „gegen Belohnung abzugeben bei ..." Tjä, se laat sik dat wat kösten, de Lüd, de op ehrn Kraam nich oppaßt hebbt. Mit dat Finnen is dat wohl nich so wied her. „Schwarzer Kater zugelaufen" steiht dor viellicht mal oder: „Grüner Wellensittich zugeflogen". Na, de kann'n jo ok nich good op't „Fundbüro" afgeben. Un wat sik dor allens ansammelt, dat is nich to glöben. Männicheen wörr woll noch sien Kopp verleeren, wenn de nich anwussen weer!

Ik kann sowat nich verstahn! Wo kann en Minsch denn wat verleren, wat so veel Wert hett as 'n Breeftasch oder wat so wichdig is as 'n Slötelbund? Dat hett'n doch alle Daag in de Hand un mutt doch weten, wo'n dormit afbleben is. Wenn de Slötels nich dörch'n dummen Tofall in't deepe Water fullen sünd, denn kann'n de doch nich eenfach so verleren! Mit'n Armband oder 'n Halskeed is dat al wat anners — dor kann de Versluß opgahn, un dat goode Stück fallt rünner — man ok dat müss'n doch eegentli forts marken. As Gustav un ik verleden Week op'n Spazeergang weern, dor sä he miteens: „Na sowat, ik heff jo mien Armbanduhr gor nich mit — heff ik woll to Huus liggen laten." Man to Huus weer se nich; nich op'n Nachdisch, nich in de Badestuuv blangen dat Waschbeeken, un op'n Schriefdisch leeg se ok nich. Gustav hett in de ganze Wahnung söcht — nix to finnen. Vörmeddags weer he to Stadt west — dor harr he se wiss verloorn; dat ol Armband weer jo al wat schedderig west. Man he harr dat doch föhlen müss, wo em dat Dings vun de Hand rutschen deh... na, wi müssen uns dor woll mit affinnen, de Armbanduhr weer weg. Weer jo argerlich...

Twee Dag later, ik weer in de Stadt un müß in't Büro vun en grote Firma wat besnacken, dor mark ik, as ik eben mien Kalenner ut de Handtasch kriegen wull, ik harr jo mien Slötelbund gor nich mit! Man dat kunn jo nich angahn, morgens harr ik dor jo noch de Garaag mit opslaten un weer denn mit't Auto wegfohrt. In mien Manteltasch steken de Slötel ok nich — wo kunnen de blots sien? Na, denn harr ik de wiss in't Auto liggen laten, jo, in dat lütte Fack blangen dat Radio, dor müssen se sien. Weern se aver nich... Ik reep Gustav to Huus an, viellicht harr ik se dor jo doch vergeeten — man dat kunn eegentli nich angahn, wo ik doch morgens de Garagendör sülm opslaten har... Gustav weer dor noch bi west... oder nee, harr he nich sülm mit sien eegen Slötel... miteens wüss ik gor nich mehr so seker, keen vun uns beiden de Dör denn nu opslaten harr... Gustav sä, ik weer dat west un to Hus legen mien Slötel ok nich. Sowat! Wat schull ik denn nu blots maken? Huusdörslötel, Wahnungs- un Kellerslötel, de Slötel för'n Postkasten, Büroslötel... dat weer jo nich uttodenken, wenn'n de all wedder nie besorgen müss! Ik kunn un kunn mi eenfach nich vörstellen, wo dat Slötelbund afbleben weer. Weer mi dat ut de Manteltasch op't Plaster fullen — dat harr ik hören müß, Slötel hebbt doch ehr Gewicht! Jümmers nochmal greep ik in de Manteltasch — nee, dor weern se wiss un warrafti nich. Ik kraam mien ganze Handtasch ut — nix to finnen. Ik söch de Aktenmapp mit all de

Papieren dörch — nix. Ik wöhl in't Auto rüm — vergeefs. Ik wull eenfach nich glöben, dat ik all mien Slötel verlaarn harr — dat weer mi doch mien Leefdag noch nich passeert! Dat hölp jo nu allens nix — ik müss eersmal nah Huus fohren, de Autoslötel harr ik jo gottloff noch. As ik de Handbrems losmaken wull, stött ik mit'n Finger an wat — un ünner de Handbrems', dor harr sik mien Slötelbund verkrapen! Weer mi also doch ut de Manteltasch rutscht. Man ik heff jo jümmers seggt: 'n örnlichen Minschen verleert nix! Un noch an densülwigen Abend hett Gustav sien Armbanduhr wedderfunnen, twüschen en Hümpel Breefen. Un vielucht finnt wi denn ok noch mal unsen lütten Reis'wecker, wi könt uns gor nich vörstellen, wo de afbleben is. Denn verleren doot wi nix — de Saken verswinnt vun ganz alleen...

Heff ik — oder heff ik't nich...?

Wenn mien Vadder fröher mit uns in de Summerfrische fohren dee, denn sä he jedes Mal to Mudder, knapp dat de Tog sik langsam in Bewegung sett harr: „Dunnerweder, weetst du, wat wi vergeeten hebbt?" Un jedes Mal reep se ganz verschraken: „Nee — wat denn?" Vadder grien un sä: „Nix!" Mudder full op düssen Spaß jümmers rin — un dor kunn Vadder sik eben so bannig över amüsieren.

Dorbi mök he dat jüst so as Gustav un ik dat nu ok jümmers doot: Ehrer wi ut't Huus gaht, kiekt wi eers överall nah, wat wi ok dat Licht utknipst un den Kökenheerd afdreiht hebbt. Wüllt wi 'n ganzen Dag oder noch länger ünnerwegens sien, denn stellt Gustav sogor dat Water af. Un dat kann passeren, dat wi half ut't Huus sünd un Gustav seggt miteens: „Also nee, ik mutt doch gau noch mal eben nahkieken..." un denn löppt he trüch, finnt natürli allens so, as dat sien schall, man eers denn könt wi beruhigt weggahn.

Vör'n poor Weeken reepen uns goode Frünn al fröh an'n Sünndagmorgen an, wat wi nich Tied un Lust harrn, mit jem tohop in ehrn Goorn to fröhstücken. Dat weer jüst so schön Weder, un wi schullen man gau kamen. Jo, Lust harrn wi un Tied ok — dor hebbt wi nich lang överleggt un sünd losfohrt. Se wahnt nich wied vun uns af, in'n knappe halbe Stünn weern wi dor. Oh, dat weer wunnerschön — man wi weern eben bi de tweete Tass' Kaffee, dor sä Gustav miteens to mi: „Hest du eegentli den Herd afstellt? Mi ducht, wi hebbt gor nich nahkeken, as wi weggüngen." Den Herd — also ik meen jo, ik harr em afstellt, man swören much ik dor nich op! Ik wüß blots, as uns Frünn anreepen, dor harr ik jüst 'n Putt mit Water opsett. Harr ik den nu wegnahmen oder nich? Wenn ik dat vergeeten harr, dat kunn 'n Mallör geben. Wi schullen doch 'n beten wat länger bi uns Frünn blieben, womöchli bet to'n Abend ... Uns Fründ stünn forts op un sä to Gustav: „Kumm, laat uns gau henfohren. Anners könt Ji den ganzen Dag keen Roh finnen!" Wieldeß kunnen wi beiden Fruensüd uns dat jo gemütli maken, un as de beiden Mannslüd nah'n Stünnstied wedderkeemen, dor weer natürli gor nix los west. „Ik heff överall nochmal nahkeeken", sä Gustav, „weer allens in de Reeg." Na ja, de Fohrt weer jo nu nich nödig west; man wi kunnen uns doch nu ohn Sorgen över den feinen Dag frein un keemen eers laat an'n Abend wedder nah Huus. In de Badestuuv brenn Licht! As Gustav an'n Vörmeddag dor nochmal nahkeken harr, dor müss he dat jo anmaken — un harr't denn vergeten ...

Tjä, dor kann een noch so vörsichtig sien un op sien Kram passen — kriggt een dat miteens in'n Kopp, een kunn vielliht doch ganz wat Wichtiges vergeeten hebben; denn troot een sik miteens sülm nich mehr. Denn kann'n sik dor nich mehr op besinnen, hett'n ok dütmal doon, wat'n för gewöhnli jümmers maakt? Wat kreeg ik doch för'n Schreck, as ik ehrgüstern mark, ik harr mien güllen Armband nich üm. Ik weer jüst mit Gustav ünnerwegens, al siet'n goode Stünn weern wi krüz un quer dörch'n Woold lopen, nu güngen wi nah Huus. Harr ik denn vunmorgen dat Armband nich ümbunnen? Ik kunn un kunn mi dor nich op besinnen! Ik harr dat jo alle Dag üm, dat keem nich oft vör, dat ik dat to Hus liggen laten dee. Un dat mark ik denn ok glieks, dor fehl mi wat an'n Arm. Un nu schull ik dat den ganzen Dag över nich markt hebben? Nee, dat kunn gor nich anners sien, ik harr dat eben verloorn! Gustav much ik dor gor nix vun seggen; un wieldeß wi jümmers neeger an uns Huus keemen, gruvel ik, weer't nich beter, wi wörrn forts ümkehren un den Weg afsöken? An'n Abend vörher, dor harr ik dat Armband op mien Nachdisch leggt, jo, dat wüß ik noch. Man wat harr ik denn vunmorgen makt? Gustav weer ganz verwunnert, dat ik miteens so stillswiegens blangen em her güng. Ik kunn dat knapp aftöben, bet he de Wahnungsdör opslaten harr — forts leep ik in de Slapstuv: Gottloff, dor leeg dat Armband! As ik Gustav vun mien Bang vertellen dee, lach he. Dat harr ik doch glieks seggen kunnt, he harr nämli wüßt, dat't Armband op'n Nachdisch liggen dee. Wat he woll noch lachen kunn, wenn he dat nich wüßt harr? Na, op jeden Fall weer de Sorg gottloff wedder mal ümsünst west. Harr ik mi jo eegentli sporen kunnt. Man dat kann'n jo licht seggen — wenn allens good aflopen is ...

Utgerekent an'n Sünndag...

Ik bün een Sünndagskind! Jo, dat is würkli un warrafti wohr! An een Sünndag, morgens, Klock halfig acht bün ik to Welt kamen! Un all mien Leefdag heff ik to hören kregen, Sünndagskinner hebbt ganz besünners veel Glück in't Leben...

To düt Glück hört jo woll ok, dat ik för gewöhnli ganz gesund bün. Man wenn ik mal krank warrn do, denn fangt dat meist an'n Freedag an, an'n Sünnabend bün ik nich mehr to bruken — un an'n Sünndag bruuk ik 'n Dokter! Ik kann vun Glück seggen, wenn uns Dokter denn ok to Huus is! Un wenn ik denn noch ganz nödig wat ut de Aftheek hebben mutt, denn kann Gustav dwer dörch de Stadt fohren un nah'n Aftheek söken, de an'n Sünndag Deenst hett. Man he finnt een, dat is klor — ik bün doch een Sünndagskind...

Man nu bruukt een jo nich glieks krank to warrn; dor passeren jo noch anner Saken, de twüschen Maandag un Fredag twors ok keen Spaaß sünd, blots dor kann'n sik noch ehrer helpen as utgereekent an'n Sünnabend oder Sünndag. Vör'n poor Weken eers, dor bleef an en Sünndagmeddag miteens dat Water weg! Ik weer jüs bi't Eetenkaken un wull de Kantüffeln opsetten — keen Druppen ut de Leitung! Ik kunn mi nich mal mehr de Hannen waschen! 'n Oogenblick luer ik — dor keem nix. Ik dreih an all de annern Waterhahns — dor keem nix. Ik leep nah'n Keller, dor harr viellicht een an den Hauptwaterhahn dreiht — nee, weer allens in de Reeg. Blots Water weer nich dor. Uns Nahwerslüd güng dat jüst so. Denn heff ik bi de „Stadtwerke" anropen ... jo, dor weer wat twei, sän se, man se wullen dat forts wedder heel maken. Blots dat kunn noch 'n Stoot duern. Weer jo man een Glück, dat sik dor överhaupt Lüd an't Wark maken kunnen. Un dat wi eers Klock fief Meddag eeten kunnen, na, dat weer jo nich slimm. Hauptsaak: Wi harrn wedder Water. Ik bün eben doch 'n Sünndagskind ...

Ik kann ok nie den 24. Dezember vör dree Johrn vergeeten — dor keem al an'n fröhen Morgen dörch de Deek vun de Badestuv un de Kök soveel Water, rönn dörch alle Stockwarken, dat de Lüd in de ünnerste Etag' dor nich gegen an feudeln kunnen! Wo keem all dat veele Water denn her? Buten schien doch de Sünn! Man 'n poor Weeken vörher weer'n groten Storm west. Un de harr uns Dack twei reeten — blots dor harr nümms wat vun markt. Un as dat nahsten för dull regen dee, dor harr sik dat ganze Water as in een groot Schöttel op dat flache Dack vun uns Huus ansammelt un utgerekent an'n 24. Dezember den Weg na ünnen funnen ... Dat schönst Wiehnachtsgeschenk mök uns de Dachdecker, de dat Dack eersmal flicken dee. Anners harrn wi ünnern Dannenboom natte Fööt kregen. Man wo ik doch 'n Sünndagskind bün, dor müß düt Mallör jo good utgahn ...

Mit uns Auto könt wi eegentli ganz tofreden sien. Vun Maandag bet Freedag deiht dat tru sien Deenst. Man wenn dat mal nich lopen will — denn passeert dat utgerekent an'n Sünndag! Man betto heff ik jümmers een funnen, de mi denn helpen kunn ... as Sünndagskind kann ik mi dor woll op verlaten. Wannehr fallt bi uns de elektrische Strom ut — un nümms in't Huus weet, wo'n den wedder in'e Gang setten kann — an'n Sünndag natürli! Man dat is mi betto jümmers glückt, een Mann to finnen, de dat kunn.

Körtens harr sik mien Slötel in't Slott vun de Garagendör verklemmt. De Dör kunn ik nich op- un den Slötel nich wedder rutkriegen. Dat versteiht sik woll vun sülm, dat düt Mallör blots an en Dag passeeren kunn, wo narms en Handwarker to kriegen is. Man bün ik nich en Sünndagskind? Ik heff liekers en düchdigen Mann funnen, de sik an't Wark mök un de Saak trecht kreeg — liekers dat jo Fierdag weer.

Na, nu geiht de Week jo wedder to Enn. In'n Oogenblick is bi uns noch allens in de Reeg. Allens funkschoniert, as dat schall, un wi föhlt uns ganz woll. Man eers an Maandag weet wi, wat dat Enn vun düsse Week ok good aflopen is — oder wat wi uns wedder mal op dat Glück verlaten müssen, wat mi as Sünndagskind jo tosteiht...

Mit sik sülm snackt sik dat besünners good!

Wat keem mi dat as ganz lütte Deern jümmers unheemli vör, wenn ik mien Grootmoder buten in de Kök halfluud snacken un flustern hör! Dor weer doch nümms — mit wokeen snack se denn blots? Wenn se denn in de Stuuv keem un ik ehr dor liekut nah fragen dee, denn schüddköpp se un lach: „Och wat, dat hest du di inbildt!" Man ik harr't doch düdli hört! Mal bün ik op de Deel gahn, ganz liesen op Töhnspitzen, un wull rutkriegen, wat dor nich doch viellicht een bi ehr weer. Man noch ehrer ik an de Kökendör weer, höll se mit't Snacken op un füng an, so vör sik hentosingen, wieldess se an'n Herd för dull mit de Pütt klappern dee. Se harr jo woll markt, dat ik ankeem... Later vertell mi mal en Schoolfründin, ehr Grootmoder snack ok jümmers mit sik sülm, wenn se alleen wer; dat harrn ole Lüd nu mal so an sik, de warrn eben wunnerlich mit de Tied. Blots mien Grootmoder, nee, de weer nich wunnerlich. As ik nämli al'n beten öller weer, hebbt wi dor nochmal över snackt, un se verkloor mi mit Smustergrienen: „Wenn ik alleen bün, denn kann ik allens so seggen, as ik dat will — un ik heff jümmers recht!" So weer dat also... liekers kunn ik dat nich so ganz begriepen. Ik wüß dormols ok noch nich, wo swoor dat männichmal is, sien eegen Meenen dörchtosetten — un wo faken dat nich glücken deit, wieldat de anner een över is. Un nich, wieldat he recht hett...

„Segg mal, mit wokeen snackst du dor eegentli", frag Gustav mi körtens, as ik jüst in de Kök dat Abendbrot trecht maken dee. Du leeve Tied, wat verjaag ik mi! Ik harr Gustav gor nich kamen hört. „Mit wokeen schall ik woll snacken", sä ik argerli,

„kiek mal ünnern Disch, viellicht sitt dor 'n heemlichen Gast!" „Na, ik fraag jo man blots..." Gustav weer ganz verbaast, „wat hest du denn?" „Ik? Och, nix... Sett di man al in de Stuv — wi könt glieks eeten!" He tuck mit de Schüllern un güng rut — he kunn jo nich weten, dat he mi ganz ut't Konzept bröcht harr! Ik weer dor jüst bi west, den Mann, de in't Hus güntöver vun uns wahnt, 'n poor passen Wör to seggen — in Gedanken natürli! „Beste Mann", harr ik seggt, „wo kaamt Se dor eegentli to, in uns stille Straat, wo't nix as smucke Hüs un schöne Goorns gifft, Ehrn groten dicken Lastwagen aftostellen? Dat Se dor Ehr Geld mit verdeent, dat kann ik Se nich för övel nehmen — man wenn anner Nahwers, de viellicht mit Möbel, mit Maschinen un ik weet nich, mit sünst noch wat hannelt, dat jüst so maken deen, wo wörr uns Straat denn woll utsehn?" Jawoll, dat sä ik allens — wieldeß ik Tassen un Töller ut't Schapp haal, Tee opgeeten, Wuss un Käs' snieden un Eier in de Pann kriegen dee. Tjä, so kloor un energisch kann ik mien Meenen ok blots seggen, wenn ik alleen bün! Un denn kümmt ok nümms gegen mi an. Un wenn de een oder de anner dor wat op seggen deit — üm'n passen Antwurd bün ik nie verlegen — in Gedanken!

Nu maak ik dat jo allens stillswiegens af — meen ik. Blots, wenn ik mal so richdig in Fohrt kaam, denn lett dat jo, as wenn ik nu doch al anfang, luud to denken. Anners harr Gustav mi jo nich so verjagen kunnt. Man dat is mi bannig schaneerlich... mien Grootmoder, jo, de dröff dat. De weer jo ok veel öller dormals, as ik dat hüt bün.

Nu schall'n nich menen, dat ik jümmers blots schimpen do — nee, so in Gedanken kann ik mi de feinsten Gäst inladen un mit jem snacken — un to lieke Tied mien Huusarbeid wiedermaken. Ik stell mi ok vör, wat de Gäst denn to mi seggen doot. Klor, dat se jümmers so snackt, as ik dat verstah un mi dat topaß is. Möt se jo ok — se könt jo blots dat seggen, wat ik denken do! Tjä, een Flach bruukt de Minsch jo woll, wo he keen Bang hebben mutt, dat he mit sien Menen an de verkehrte Adress' kümmt. Un wenn't blots in Gedanken is... Man wenn ik nu al anfang luud to denken — nee, dor mutt ik mi aver bös vör in acht nehmen. Denn dor bün ik jo würkli noch nich oold noog för...

Jümmers nochmal ...

Dat heet jo jümmers, ole Lüd snackt an'n leevsten vun ole Tieden. Dat weer jo ganz interessant, wenn de mehrsten nich jümmers wedder datsülwige vertellen deen. Un dat lett, as markt se dat gor nich! En ganz olen Fründ vun uns, he is al över de tachentig rut, de weet dat twors ganz good. He fragt jümmers: „Och, dat heff ik wiß al mal vertellt, nich?" Wi seggt denn forts: „Nee, wiß nich!" Liekers wi dat, wat wi nu to hören kriegt, al utwennig könt. Man he kann so nett vertellen, de Ool, un he mag dat doch so giern!

Man mi dücht, jedereen hett wat beleevt, wo he jümmers wedder vun snacken mutt. Jedereen hett so sien „Standard-Geschichten", dor kümmt he nich vun weg. Een bruukt blots dat richdige „Stichwort" to seggen, forts kümmt düsse Geschicht an de Reeg. Wenn wi mit'n poor Gäst bi'n Glas Wien sitten doot, un wi snackt doröver, wo de Wien herkümmt un dat't gor nich so licht to is, 'n gooden Wien richdig to estemeeren, denn kann ik wetten, Gustav kümmt wedder mit de Geschicht vun en Schoolfründ an, de vun Wien afsluts nix verstünn un dat eers in en lütt Stadt an de Mosel so gründli lehrt hett, dat he nu överhaupt nix anners mehr drinken mag. Uns Frünn, mit de wi al mennicheen Buddel drunken hebbt, hört jümmers wedder gedüllig to. Un dor seggt ok nümms, dat he de Geschicht al kennt.

En annern Fründ vun uns, de hett vör Johrn mal 'n ganze Tied in Italien tobröcht. Nu könt wi snacken, vun wat wi wüllt, vun'n Stratenverkehr, vun Nahwerslüd, över niege Autos, vun Politik oder över de Priesen, dat duert nich lang, denn seggt uns

Fründ: „Jo, in Italien, dor is dat jo so..." Wi laat em dat ok nich marken, dat wi düt in düssen Oogenblick gor nich weten wüllt un dat't ok gor nich passen deit. He is jo so glückli, dat he blots mal wedder vun Italien snacken kann.

Uns Nahwersch vertell vun ehrn Swiegervadder, de harr vör meist dörtig Johrn mal 11 Maand in en Krankenhuus in Lübeck legen. Un wieldat he dor jümmers vun snacken dee, sünd se dor mal mit em henfohrt. He wull dat Krankenhuus un de Stadt doch giern mal weddersehn. He marscheer forts dörch de grote Poort un verkloor en Krankenswester, noch ehrer de em fragen kunn, wo he denn eegentli henwull, he harr hier vör knapp dörtig Johrn mal 11 Maand leegen, un dat harr sik hier gor nich veel verännert. As se abends in en Lokal bi't Eeten seeten, dor kreeg ok de Kellner to weeten, dat he hier in Lübeck mal 11 Maand tobröcht harr, un wo fein se em wedder trecht kregen harrn, dor in't Krankenhuus. Düsse Mann keem an eenen Abend ok mal to uns röver. Wi hebbt 'n lütte Wiel snackt, dat weer heel nett. Tofällig seech he op Gustav sien Schriefdisch 'n Postkort ut Lübeck liggen. „Och Lübeck", sä uns Gast, „dörf ik mi dat Bild mal ankieken? Weten Se, dor heff ik nämli mal 11 Maand in't Krankenhuus..."

Na, een mutt de Lüd woll snacken laten. Se meent, se vertellt ganz wat Nieges un dat müss för uns bannig interessant sien — man eegentli vertellt se dat blots sik sülm, wieldat se bi't Vertellen allens nochmal beleevt. Un je länger dat her is, je schöner ward dat un kriggt jümmers mehr Bedüden. Viellicht mögt dorüm de ganz Olen blots noch vun dat snacken, wat ganz fröher mal weer, dor föhlt se sik nochmal jung bi.

Man ok de ganz Jungen, de so faken över den Snack vun de Olen grienen doht, de maakt dat sülm nich beter. De Dochder vun en Fründin fangt meist jeden Satz mit „Jürgen" an. Un wi könt jo snacken, vun wat wi wüllt, dat helpt allens nix, wi kriegt to weten, wat Jürgen dorto menen dee, wat he vörhett, wat he mag un wat he nich mag. Na, tokamen Maand schall Hochtied sien ...

Tjä, jedereen hett woll wat, wo he so bannig giern vun snacken deit. Nich eenmal, nee, jümmers un jümmers wedder. Man ohn, dat dor ok würkli een bi tohört, is dat man blots half so schön ...

Keen Tied, keen Tied ...

Siet heel lange Tied kenn ik en lütt Geschicht, se is nich mehr as 21 kotte Regen lang un vertellt doch vun vele Johrn Minschenleben. Se heet ok kott un bünnig „Dat Leben" — un wenn en Geschicht so'n Titel kregen hett, denn mutt dat jo woll stimmen, wat in de Geschicht so vertellt ward: Dor is en Mann, de kann un kann dat nich över't Hart bringen, ok blots en Minut' vun sien heel wichtig Leben so ohn wieder wat vörbigahn to laten. Eendont wat he jüst vör hett, jümmer denkt he dor al an, wat he nahsten doon schall. Un so hett he nie recht wat dahn, hett blots jümmers den tokamen Oogenblick plaant, un as he starben müß, dor hett he sik wunnert, dat't Leben doch eegentli gor keen rechten Sinn hatt harr... Dat is de Geschicht vun en Mann, de nie un nümmer Tied harr, aver se is oold, de Geschicht, opschreben in de Johrn, vun de wi meent, dor weer noch allens in de Reeg un de wi dorüm de „gode ole Tied" nömt. Aver dor hett 'n Uul seten. De Geschicht „Das Leben" steiht in en lütt Book, dat is 1911 rutkamen, Victor Auburtin hett dat schreben, un he weer en Zeitungsmann, en „Feuilletonist", as'n dat ok nömen kann, aver en vun de ganz groten, de'n bet hüt nich vergeten hett.

In en lütt Büro heff ik en Plakat an de Wand sehn, dor stünn in swatte Bookstaben op viegeletten Grund woll teihnmal ünner'nanner: Ich habe keine Zeit, ich habe keine Zeit, ich habe keine Zeit, ich habe..., un denn fehl dor miteens dat „keine", un „ich habe Zeit" stünn dor —, un dat weer, as strakel een dor wat över't Hart. — „Ich habe Zeit", stünn dor, een mutt sik blots mal vörstellen, wat dat bedüden deit, wenn een seggt: Ich habe Zeit...

Kennt wi nich all 'n Barg Lüd, de blots vertwiefelt de Oogen verdreiht, wenn'n se fraagt, wo't geiht un wat se een denn nich mal besöken wüllt. Se wüllt dat jo giern, nee würkli, se meent dat ganz ehrlich — aver se hebbt eenfach keen Tied! Arbeid un Plichten freten de Lüd op, un so kaamt se ok nie to dat, wo se würkli Lust to hebbt. Arme Lüd... Op'tletzt weet se noch nich mal, wo se Lust to hebbt, un bi allens, wo se ok blots 'n lütt beten Spaaß un Freid föhlt, hebbt se forts 'n slecht Geweten...

Privatleben geef dat nich för em, vertell uns körtens eers 'n goden Bekannten, un dat müssen wi em toglöben, he seech warrafti kümmerlich nog ut — ok wenn he vun Natur ut 'n heel staatschen Kierl wer. Un as he uns optell, wat he allens in sien kloken Kopp to nehmen harr, dor kunnen wi em blots beduern. Bi düt Programm harrn wi ok keen Utweg wüsst!

Nu kennt wi jo noch mehr vun düsse heel kloken Lüd, de meist Dag un Nacht keen Tied hebbt, aver een is dorbi, tjä, vör hett de ok jümmers wat. Blots wenn'n sik dat recht bekiekt, mit sien Gelehrsamkeit hett dat gor nich so veel to dohn. Mal heff ik em fragt, wo he dat fardig kriggt, sien hoges Amt, sien Fru un Kinner, all de Nahwerslüd in't Dörp un överto ok noch Sport un Jagd un Klüteree in't egen Huus ünner en Hoot to bringen, dor hett he mi so vun de Sied ankeken, hett smustert un mit de Schüllern tuckt: „Ik leev..." hett he blots seggt. „Ik leev" sä dor en Mann, vergnögt un ok 'n lütt beten stolt, de dat wiß nich eenfach harr. Un dat hett mi wedder op de Geschicht vun Victor Auburtin bröcht, op de Geschicht vun den Mann, de jümmers wat anners planen dee, jümmers al an de twete Saak denken müss, noch ehrer he mit de erste trecht weer. Un de sik op düsse Oort dörch't Leben jagen laten deh. Blots levt hett he dor nich bi.

„Worüm deihst du egentli so veel?" heff ik mal 'n olen Fründ fraagt, de sik för sien Geschäft afmarrachen dee as dull un ok nich mehr veel anners in'n Kopp harr as dat, wo he mit hanneln dee. Alle twee Johr leet he sik in en Sanatorium för veel Geld wedder opmöbeln — aver dor fehl em al meist de Gedür to. „Wenn ik dor to lang twüschen rut bün", sä he möd, „denn bün ik bald nich mehr Herr över mien Kram. Un dorför heff ik doch toveel investiert." Jo, dat harr he. All sien Tiet un sien besten Kräft. Un sien Leben.

Jümmers dat richdige Mittel ...

Wenn een sik in en Aftheek mal so ümkiekt, meist mutt'n sik wunnern, dat'n Minsch överhaupt noch eernsthaftig krank warrn kann. Meist gegen allens gifft dat jo Tabletten un Pillen, Druppen un Salben. Dat de Aftheekers dor twüschen dörchfinnen könt un nix verwesselt — man de hebbt dor jo op studeert. Vör Johrn, as Gustav un ik mal'n grote Reis maken wullen, in en Land, wo't nah uns Meenen mit de Zivilisatschon un de Hygiene noch nich so wied her weer, dor harrn wi'n groten Kasten vull Medikamenten mit, gegen Krankheiten, vun de ik betto noch nie wat hört harr. Fründ vun uns, de Dokters weern, de harrn uns dormit versorgt; beter is beter, meenten se... Na, wi hebbt vun all de Pillen, Tabletten un Druppen gottloff nix bruken müßt. Man wi föhlten uns dor liekers bannig seker mit; de weern sotoseggen de „Regenscherm" för uns. Den nimmt'n jo ok blots mit, wenn't nich regen schall. Hett'n nämli keen Scherm mit — denn regent dat wiß ...

Man nu mutt een jo nich glieks swoor krank sien, nee, denn schall een dat beter den Dokter överlaten, mit wat för Mittel he dor gegenan gahn will. Man wenn'n blots 'n beten Koppwehdag hett oder wenn't in de Schüller 'n beten an to rieten fangt — dor bruukt 'n blots de richdige Tablett sluken — nah teihn Minuten is een wedder mopsfidel. Ok wenn een meent, een weer to dick oder to dünn, wenn de Maag drücken deit oder de Hals an to kratzen fangt, wenn'n leege Luun hett oder sik jümmers so opregen mutt — blots de richdigen Druppen oder Tabletten, forts süht de Welt wedder ganz fründli ut.

Fröher, as wi dat mit den Fortschritt noch nich

so wied bröcht harrn, dor müss een sik noch bi sowat
tosomenrieten oder de Tehn tosomenbieten, so good
as't jiechens güng. Wat hett dat blots för unnödige
Kräft köst! Nee, de könt wi hüttodags jo för anner
Saken bruken. Mit de richdigen Tabletten in de Tasch
kann een jo nich mehr veel passeeren ...
   Nu hebbt wi in uns Huusaftheek jo ok'n grote Ut-
wahl vun Schachteln, Dosen, Tuben un Buddeln. De
hebbt sik mit de Tied so ansammelt — un dat
kümmt blots dorvun, wieldat wi dor nie veel vun
bruukt hebbt. Wiss, Gustav hett ok mal Koppien, oder
ik kann nich recht inslapen — man bet ik dor dat
richdige Middel för rutsöcht heff, dor sünd de Weh-
dag al half vörbi, un denn lohnt dat Rümwöhlen
jo eegentli gor nich mehr, un ik spoor de goden Tablet-
ten leever för'n anner Mal op ... un dor blifft dat ok
bi! Mennichmal heff ik jo nu ok lege Luun, bün rein-
wech melanklöterig, mi fehlt de Swung, un ik mag
överhaupt nix anfaten. Betto heff ik jo dacht, dat
leeg nu mal in mien Natur, un ik müss dor gegen
angahn. Man dat is gor nich wohr! En Fründin vun
mi geiht dat nich veel anners, un de hett sik vun
ehrn Dokter dor Tabletten gegen verschrieven laten
— un de sünd grootordig, seggt se, dor weer se'n ganz
annern Minschen mit worden! Oha, dat heff ik jo nu
nich graad vör — man se hett mi'n poor vun düsse
lütten Pillen schenkt, ik kunn se doch mal utpro-
beren. Na, ik wull dor eers nich recht ran — man
denn heff ik dat doch versöcht, as ik mal ganz wat
Wichdiges verhanneln müss un dor so greesige Bang
vör harr. Warrafti — dat güng allens ganz groot-
ordig af! Blots, leeg dat nu an düsse „Wunderpillen"
— oder weer de Saak in Würklichkeit gor nich so
swoor west, as ik mi dat eers dacht harr? Ik heff dat

unsen Dokter vertellt un heff em fraagt, wat he mi
dor nich ok 'n Rezept för geben kunn? Man de hett
blots grient: „Na, so lang Se düsse Dinger helpen
könt, steiht dat jo nich so slecht üm Se. Se könt ok
'n lütt Stück Zucker innehmen — dat's billiger..."
Harr he dat man blots nich seggt! Nu glöv ik an düsse
Pillen nich mehr! Un ik mutt mi wedder sülm to-
somenrieten — man dat schall jo gesund sien...

Stratenbu an'n Beerdisch

Wenn wi mit't Auto to Stadt wüllt, denn möt wi, knapp dat wi ut't Dörp rut sünd, över de Schienen vun de Iesenbahn fohren. Al Neeslang kümmt dor'n Tog lanks, un denn holt de Schranken den Verkehr op. Männichmal staht op beide Sieden lange Reegen vun Autos, denn op düsse Chaussee is veel los, un dorüm is de körtens noch breder maakt worden un hett 'n niege Teerdeeck kregen. „Verstah ik nich", seggt Gustav jedesmal, wenn wi vör de Schranken töben möt, „dor verklötert se so veel Geld för den Stratenbu — man wat nützt dat allens? Hier müß doch 'n Brüch röver gahn, anners hett dat doch allens keen Sinn!" Tjä, he hett jo recht — man leider hett he dor nix över to seggen.

As vör'n knappe Johrstied endli de niege Autobahn bet nah uns Stadt rankeem — jo, dat weer'n feine Saak. Blots se löppt liek op'n grote Krüzung to, wo jümmerto un vun all Sieden 'n Barg Autos över weg möt. Kloor, dor sünd Ampeln opstellt — aver jüst, wenn de Verkehr an'n dullsten is, denn könt de dor gor keen rechte Ordnung mehr tostann kriegen, un denn gifft dat'n gefährli Gewöhl. Wat is dor al för Mallör passeert! „Dat is doch to verrückt", seggt Gustav, „keen hett sik sowat blots utdacht? Dor hört doch'n Brüch hen oder 'n Tunnel oder sowat — dat kann doch nich good gahn!" He hett jo recht, dat is en aasige Krüzung. Ok de keen groten Verkehrsverstand hett, kann forts sehn, dat't op de Duer so nich blieben kann. Liekers quält sik Dag för Dag de Fohrtög un de Minschen dor över weg, un de denkt wiss ok: Düsse Krüzung is reinweg 'n Stück ut de Dullkist...

Tjä, de Lüd, de sik düsse Straten utklamüstert, een schull jo meenen, dat weern Fachlüd un verstaht dor wat vun. Aver dat lett, as harrn de nie in en Auto seeten un denkt sik dat allens blots an'n grönen Disch ut. Autofohrer, de weet natürli, wo Straten utsehn möt — man de warrt jo nich fragt.

Körtens seten wi mit'n poor Frünn un Bekannte in'n netten lütten Krog tosomen, snacken över düt un över dat un harrn miteens den Stratenverkehr bi'n Wickel. Dat de een grote Autostraat, nich wied vun uns Dörp, een „Fehlplanung" weer, dor weern wi uns jo noch all över eenig. Wat weer dor blots allens för Mallör passert, un dat kunn jo nich blots an de Autofohrer liggen. Nu schull aver op de anner Sied vun uns Dörp 'n niege Straat buugt warrn — un wo dat maakt warrn schull, nee, dor kunnen wi uns nich över eenig warrn. „So as de dat vörhebbt", sä een, „dat is doch wedder mal Dummtüg! Dwer dörch't Moor, dat geiht doch gor nich — de mutt neeger an de Hüs ran!" „Na, hör mal", sä en anner, „de Lüd, de dor wahnt, de warrt sik bedanken! Wenn dor de Straat achter ehr Goorns lanks löppt, denn is dat doch mit de Roh vörbi — un denn is dat Grundstück doch nix mehr wert!" „Na, un överhaupt", reep en Fründ vun uns, „de Straat mutt doch över de Iesenbahn weg — dat is doch veel to gefährli!" „Tjä, denn möt se dor 'n Brüch röver bugen", meen Gustav — denn mit sowat is he jo fix bi de Hand. „Dor is doch gor keen Platz för", reep een. Un denn möken se all Vörsläg, wo'n de Straat woll an'n besten anleggen kunn — blots de Vörsläg weern all verschieden, un jedereen höll sien eegen Meenen för de beste. Üm 'n hangen Haar harrn sik de Mannslüd in de Wull kregen — un wenn se ok keen Fach-

lüd för Stratenbu weern, Autofohrer weern se all.
Tjä, mi schall blots mal verlangen, wat de Lüd dor
in't Amt för den Stratenbu ok so ievrig diskureert
un sik nich eenig warrn könt; wenn de överto noch
seggen schüllt, wat de Kraam denn nu kösten un keen
dat betahlen schall, denn ward de Saak jo noch veel
keddeliger. Denn wat nützt de beste Plan, wenn dor
keen Geld för dor is? Eendont, wat dor ok för Straten buugt warrn, dat gifft jümmers welk, de harrn
dat ganz anners un natürli veel beter maakt. Un dat
is doch'n Jammer, wenn jüst de ehr goden Afsichten
nich dörchsetten könt.

Ut gode Familie ...

As wi vör'n ganze Reeg vun Maand mal bi gode Fründ to'n Klöhnsnack verafreedt weern, dor repen se uns an'n fröhen Morgen al an un wullen uns blots seggen, wi muchen 'n halfe Stünn ehrer kamen oder eers dreeveerdel Stünn later. Nanu? Jo, se wullen in't Fernsehn giern 'n Film sehn, de speel in London — un wo se doch sülm jüst in London west weern, kunnen wi dat woll verstahn. Na, kloor kunnen wi dat verstahn, un keemen abends 'n halbe Stünn ehrer. Nu weer de Hauptsaak bi düssen Film jo gor nich de grote Stadt London, nee, dat weer en ganz feine Familie, mit allens, wat dor so tohört. Un düsse Familie weer heel vertruut för uns Fründ. Nich, wieldat se de in London besöcht harrn — aver se kennen de Lüd ut't Fernsehn al siet veele Maand un harrn op düsse Wies 'n ganzen Barg ut dat feine Familienleben mitkregen. Gustav un ik wüssen jo vun nix, wi harrn de Lüd dor op'n Bildschirm uns Leevdag nich sehn. Aver uns Fründ möken uns sotoseggen bekannt; dat heet, se verkloorten uns, de Huusfru weer al mal verheiradt west, de erste Mann weer in'n Krieg fullen, Fleger is de west. Un de weer ok de Vadder to de beiden Kinner. Dat keem in den Film jo nu allens gor nich vör — aver wenn een al so vertruut mit de Lüd is as uns Fründ, denn süht'n dat eben ganz anners. Lüd, de ehr Schicksalen al siet veele Weken mitbeleevt hett, de hört al meist mit to de Familie. Un denn föhlt een mit, wenn de lütt Jung nu so wied weg vun to Huus schall, wieldat he eben blots in so'n fein' „Internat" de passen Utbildung kriegen kann, oder wenn de ool true Dener dat mit'n Mal an't Hart kriggt un sik to Bedd leggen mutt, wo de Herrschaften doch jüst Besök kriegen schüllt. Op düsse Oort un Wies kann'n sik dor richdig rinversetten, wat so'n fiene ingelsche Familie in London för Probleme hett... Tjä, dat mutt'n dat Fernsehn jo laten: Dor ward de Familiensinn so richdig pleegt. Un keen dor meent, de egen Familie wörr mit den Billerkassen reinweg toschann maakt, de kennt dor nix vun, oder he hett de richdigen Sendungen nich sehn.

„Harrn Se dat vun John dacht?" sä körtens en Bekannte to mi, „un de Vadder hett so veel Vertruen in em sett! Un wat hett de Mudder sik jümmers för Möh geben — un nu maakt he dat so!" Nu harr düt Drama sik ok man blots op'n Bildscherm afspeelt, bi so'n slichte Familie mit söß Kinner, Oma un Opa, un wo Vadder mit harde Arbeit tosehn mutt, wo he de heele Mannschaft satt kriggt ... aver mit so'n smucke Mudder, de ok an de Waschbütt noch 'n gode Figur maakt un nie, also ok bi de dullsten Saken nie nich ut de Rull fallt — dor is so'n Familienleben vull Harmonie un Sünnenschien jo wieder keen Kunststück. Aver wenn dor mal wat scheef löppt, denn geiht een dat — ok as Bildschermkonsument — so richdig an de Nieren... Un sowat maakt Indruck; jo, de gode Familie, mit de een so vertruut is, de maakt een dat jo so richdig vör, wo een dat Leben meistern kann... un dor müss een sick eegentli mal 'n Bispill an nehmen, ok wenn'n keen egen Farm hett oder mit'n Revolver nich so good ümgahn kann as mit Metz un Gabel. Keen sik mit de Fernsehfamilien so richdig utkennt, de kann sik gor nich vörstellen, dat't Lüd gifft, de dor gor nix vun weet! De hebbt woll ok gor nich een Spierken Familiensinn...! Un de keen Vadder, Mudder, Oma un Opa mehr hett, keen

Broder un keen Süster, keen Unkel un Tante — na, de mutt sik noch lang nich vörkamen, as weer he utstött ut de minschliche Sellschop! Bi't Fernsehn gifft dat Familien noog, bi de he sik as to Huus föhlen kann. Gediegen is blots, dat düsse Familien jümmers in England oder in Amerika to Huus sünd; bi uns gifft dat af un an twors ok welk, man de hebbt nah twee oder dree Sendungen al utbackt. Dat langt jo nich hen un nich her, üm mit de Lüd richdig vertruut to warrn! Wat'n richdige Familie is, de mutt'n över Johrn kennen, jawoll! Un en „gode" Familie, vun de mag'n sik doch ok so ohn wieder wat nich trennen — dat hört sik eenfach nich! Aver wenn dor „Not an Mann" is, wenn't Probleme gifft, wo'n eegentli sülm mit togriepen müß, tjä, denn kann'n ruhig in'n Fernsehsessel sitten blieben. — Dat's jo man allens blots Theoter! Un dat makt dat Familienleben op'n Fernsehscherm jo so över de Maten praktisch...

Billiger kriegen...

En Utlänner wörr körtens mal fraagt, wat em bi de Dütschen denn so besünners opfullen weer. Ja, sä he, an'n mehrsten weer em opfullen, dat de Lüd hiertolann dor so bannig giern vun snacken deen, wo'n wat billiger kriegen kunn.

Eers heff ik mi över düsse Antwurd jo bannig wunnert. Aver he harr jo gor nich mal so unrecht, de Mann. Wi markt dat blots nich mehr so. As wi mal 'n niegen Fernseher kregen harr, fraag uns en Nahwer, wat wi dorför betahlen müssen. „Oh", meen he denn, „den harr ik billiger besorgen kunnt!" Un dat is noch gor nich so lang her, dor vertell en Kolleg vun Gustav, he kunn to Groothannelspriesen allerhand kriegen, wat wi in de Geschäften veel dürer betahlen müssen. Wenn wi't wullen, wi bruken em blots Bescheed to seggen. Na, betto hebbt wi dat fründliche Angebott noch nich utnützt. Dat heet, wi hebbt dor noch nich mal över nahdacht, wat wi denn so ganz nödig billiger kriegen muchen. Nich, dat wi överleidig veel Geld hebbt, man en Haken weer dor jo bi: Mit'n enkelte Tube Tähnpasta güng dat nich; dor müss een glieks teihn Tuben köpen, un ok nich een, nee, fief Paketen Waschpulver — un mit all de annern Saken güng't jüst so. Un ok wenn se in'n Pries billiger weern, een müss doch mit'nmal 'n örnlichen Hümpel Geld utgeben, un den mutt'n jo ok hebben. Aver viellicht sünd wi för de Saak ok nich plietsch nog — oder seggt wi't man graadut: Wi sünd to dummerhaftig! De Utlänner hett jo recht hatt: Meist mag'n dat gor nich togeben, wenn'n in en Geschäft inkööft un de Saak ok noch rejell betahlt hett. Dat lett meist, as weern de Geschäften blots för de Dummen dor. Man dor mutt dat jo'n ganzen Barg vun geben. Anners kunnen de jo nich existeeren ...

Eegentli schull'n nu denken, dat Lüd, de elkeen Mark veelmals ümdreihn möt, ehrer se de utgeevt, dat de dor ganz besünners op ut sien möt, wo se wat billiger kriegt. Man jüst de kaamt meist an de „günstigen Gelegenheiten" nich so licht ran, se hebbt dor eenfach nich de richdigen „Verbindungen" för. Nee, de hebbt blots de, de wat hebbt un hanneln könt un dorüm ok weet, wo wat to kriegen is — billiger, versteiht sik.

Vör Johrn weer ik good mit en Pötter bekannt, de nich blots schöne Schalen un Vasen, nee, de ok jümmerto so smucke lütte Aschbeker maken dee, jümmerto desülwigen un all för dat feinste un düerste Café in uns Stadt. Dor weer ok dat Publikum nah — bannig vörnehm! „Wat bruukt de dor denn blots so veel Aschbeker?" wull ik weten; „smiet se de jümmers twei? Dat kann doch gor nich angahn!" „Nee", grien he, „se bruukt jümmerto niege — wieldat de jümmers klaut ward." Ik dach, ik hör nich recht — man stimmen müss dat jo woll. Dormals harr ik mi't nich leisten kunnt, in dat feine Huus ok blots 'n Taß Kaffee to drinken. Aver een vun de Aschbeker to klauen, nee, dat harr ik eers recht nich fardig kregen. Tjä, för sowat bün ik eben nich plietsch nog — oder seggt wi beter: To dummerhaftig. Mi wörrn se nämli forts bi de Büx kriegen. Ik heff dat bet hüt noch nich lehrt, dat Klauen nich blots in de besten Familien vörkümmt, nee, dat't överto 'n Oort Sport is, de bannig veel Spaaß maken kann ... Wo kunn't anners woll angahn, dat op'n „Wohltätigkeitsball", de blots vun Gäst mit'n dicke Breeftasch besöcht warrn kunn — vunwegen de „Wohltätigkeit" — dat dor nahsten de Blomensmuck vun de Dischen, Fahnen un anner Dekorationsstücken verswunnen weern? Wo kann't angahn, dat op männicheen groten Empfang mit inladte Gäst ganze Schachteln vull Zigarren un Zigaretten eenfach weg sünd oder dat op'n grote Bökerutstellung glieks nah den ersten Rundgang vun de „Ehrengäst" so männicheen vun de utstellten Böker fehlen dee? Dor hett de een oder de anner dat mit de „Ehr" woll nich so nipp nahmen, un överto bruukt'n to Wiehnachten jo 'n Reeg Geschenken. Nee, faat kriegen kann'n so 'ne Lüd nich. De sünd eben slau. Un denn kümmt'n ok to wat. Wat harr de Utlänner seggt? De Lüd bi uns tolann' weern dor so dull op ut, jiechenswo wat „billiger" to kriegen. Wiss, dor hört Verstand un Geschick to. Blots mit „Moral" kümmt'n jo to nix ...

Mit de besten Afsichten

Keen 'n leeven Verwandten oder Bekannten in't Krankenhuus liggen hett, morgen, an'n Sünnabend, kann'n den besöken. An Sünndag geiht dat ok. Nahmeddags, för'n ganze Stünn! Keen dor mit't Auto hen will, mutt sik jo to rechte Tied op'n Weg maken, anners kriggt he keen Parkplatz mehr. Denn se kaamt vun wied un sied, de Lüd; nich blots mit de besten Afsichten, nee, ok mit Blomen, mit lütte Paketen vull Koken, Wiendruben oder Schokolad'. Jo, to düsse Stünn is wat los in't Krankenhuus, dat kümmt un geiht, dat drängelt sik dörch de Dören, un buten jachtert de Kinner, de noch to lütt sünd un in de Krankenstuven nich rin dröfft. Körtens heff ik en Nahwersch besöcht; se harr jüst en swore Operatschon achter sik. As ik dor ankeem, weern al twee Nahwers ut uns Huus dor, dree Kollegen ut ehr Firma, överto ehr Mann un de beiden halfwussen Kinner. Un as denn noch een Unkel un twee Tanten kemen, dor weern wi ölben! Ölben Lüd rund üm dat Bett vun en Fru, de sik jümmers noch heel swack föhl un liekers elkeen niegen Gast vertellen müss, wo ehr dat denn nu güng un wo dat bi de grote Operatschon denn nu togahn weer... Denn jedereen nehm dor jo Andeel an un wull dat dorüm ok nipp un nau weten. Ok de beiden annern kranken Fruenslüd in de Stuuv weern nich alleen — de een harr soß, de anner man blots dree Besöker. Un all snackten se dörch'nanner — dat Gezauster kunn al 'n gesunnen Minschen nervös maken! Uns Nahwersch harr sik över all den veelen Besök woll freit, man dat weer jo keen Wunner, dat se nahsten wedder Fever kreeg. Man annern Sünnabend un Sünndag güng dat mit den Besök wedder vun frischen los, merrn in de Week keemen ok noch welk — un eers, as se nah'n poor Weken endli wedder 'n beten to Kräft kamen weer un ganz good 'n netten Besök verdregen kunn, dor luer se meist vergeefs. Se weern jo all mal dor west, un een schall dat jo ok nich överdrieven ...

Vör'n ganze Tied al weer'n Fründ vun uns bös to Mallör kamen un müss für veele Weken in't Krankenhuus liggen. Sien Fru sä all Frünn, Verwandten un Bekannten Bescheed, se muchen sik doch eersmal bi ehr mellen, wenn se em besöken wullen. Wenn se all mit'nmal ankeemen, denn harr he vun den Besök jo nix, meen se, un so kunn se dat'n beten verdeelen. Nu weern de mehrsten Lüd jo bannig vernünftig un hebbt dat insehn. Man nützt hett dat liekers nich veel. De mit em in de Stuut leeg, dat weer 'n öllerhaftigen Mann, de Opa vun en grote Familie. Un dat weer jo woll Ehrensaak för all, dat se sik üm Opa sien Bedd versammeln un luudhals vertellen deen, wo dat to Huus wieldeß so togüng: dat lütt Fiete de Masern harr, dat de Höhner al fix mit't Eierleggen in de Gang kemen, de Kaninken 'n niegen Stall hebben müssen un dat de Appeln in'n Goorn schön riep weern. Opa kunn nich good hören, un dorüm müssen se em dat jo so luud vertellen — anners harr he dor jo nix vun. Se meenten dat jo all so good! Man ok uns Fründ kreeg dor so veel vun mit, he wüß in Opa sien Familiensaken meist beter Bescheed as in sien eegen. Wenn he sülm mal Besök kreeg, müß de noch luuder snacken, anners keem he gegen de Höhner-, Kaninken- un Appelgeschichten eenfach nich an. Uns Fründ leeg still un bleek in't Bett — üm sik en Muer vun luude Stimmen ... nu weet ik ok, worüm dat so lang duer, bet he sik wedder verhalen kunn.

Al as gesunnen Minschen kann'n sik jo nich mit so veel Lüd to lieke Tied ünnerholen oder jem tohören — aver de Kranke, de mutt dat, weglopen kann he jo nich, wenn se all op em dalsnackt un dat so bannig good mit em meent.

Na, morgen geiht dat denn jo wedder los, denn drängelt se sik wedder dörch de Dören vun't Krankenhuus, staht üm de Betten rüm, mit Blomen in de Hand un lütte Paketen — un mit de besten Afsichten, versteiht sik...

Wat in dat Book steiht

Botter op Reisen	5
De Industrie lett gröten	8
Nah mien Meenen...	11
Licht to plegen...	14
De elektronische Charakter	17
Ik weet Bescheed...	20
Technisches Verständnis: Mangelhaft	23
„Sprachbarrieren..."	26
Spelen maakt Spaaß!	29
Vör Dau un Dag	32
Abendspazeergang	35
In de Gästekamer	38
Ole Klamotten	41
De Boort is af!	44
Wenn de Schoh drückt...	47
Bruun — von Kopp bet Foot	50
Wenn de Sünn ünnergeiht	53
Klockenkunzert	56
Nix blifft sik liek...	59
Mit uns fangt de Geschicht' eers an	62
De Tofall regeert	65
Wat för'n grote Familie!	68
„Adel verpflichtet"	71
Eersmal...	74
Eenfach weg...	77
Heff ik — oder heff ik't nich...?	80
Utgerekent an'n Sünndag...	83

Mit sik sülm snackt sik dat besünners good! .	86
Jümmers nochmal	89
Keen Tied, keen Tied	92
Jümmers dat richdige Mittel	95
Stratenbu an'n Beerdisch	98
Ut gode Familie	101
Billiger kriegen	104
Mit de besten Afsichten	107

Von Irmgard Harder sind außerdem erschienen:

Irmgard Harder
Bloots en Fru ...
2. Aufl., 102 Seiten, Efalin
In diesem Band hat die bekannte Autorin ihre neuesten plattdeutschen Erzählungen gesammelt. In ihnen werden wieder auf eine humorvolle, manchmal satirische Weise die kleinen und größeren Schwächen unseres täglichen Lebens aufgezeigt. Zum Buch ist eine Schallplatte mit acht der schönsten Geschichten erschienen.

Irmgard Harder
Blots mal eben
109 Seiten, Efalin
Wer eine plattdeutsche Lektüre sucht, die Unterhaltung und Tiefgang zugleich bietet, wird auch auf dieses Buch der bekannten niederdeutschen Autorin gern zurückgreifen.

Irmgard Harder
Allens okay?
117 Seiten, Efalin
Unter diesem für ein plattdeutsches Buch ungewöhnlichen Titel wurde ein Buch vorgelegt, in dem die Autorin dem Leser wieder einen Spiegel vorhält, bei dessen Betrachtung er sich die Frage zu Recht gefallen lassen muß: Allens okay?

HUSUM HUSUM DRUCK- UND VERLAGSGESELLSCHAFT
Postfach 1480 · 2250 Husum